平成东京十二面相

[日]《文艺春秋》编辑部 编

陈 瑜 译

上海译文出版社

目 录

序　言

平成三十一年（2019）是日本平成年代的最后一年。这一年的 4 月，明仁天皇宣告退位。5 月，皇太子继位，成为德仁天皇。新的时代由此拉开了帷幕。

接下来的 2020 年，日本将举办第二次东京奥运会[一]。第一次东京奥运会在昭和三十九年（1964）召开。以举办奥运为契机，昭和后期的日本借着经济高速发展的东风，跻身世界一流强国，朝着经济大国的目标一路高歌猛进。然而，进入平成年代后，昭和时期的繁荣成为了过去式，随着高增长泡沫的破裂，政治、社会等各方面的问题都开始显现，经济也陷入长期停滞。

从昭和到平成的时代变迁中，日本的首都东京，又经历了怎样的变化呢？

从昭和三十八年（1963）至次年晚秋，作家开高健[二]在《朝日周刊》上连载了题为《直击东京》的纪实文学，从各个角度描写了首都的面貌。当时，战争已结束了近二十年，东京为迎接奥运会的召开而热情高涨。而今天我们见到的东京和开高健笔下当时的东京相比，又有什么不同和相同之处呢？

[一]　受新冠疫情影响，原定 2020 年丌幕的东京奥运会移至 2021 年举行。——译者（本书注释均为译者注）

[二]　开高健（1930—1989），日本小说家，出生于大阪市。短篇小说《裸体皇帝》曾获芥川文学奖，其他作品有《恐慌》《巨人和玩具》等。

编辑部从月刊《文艺春秋》上连载的《五十年后的〈直击东京〉》（2016 年 8 月号至 2019 年 1 月号）这一专栏中挑选出十二篇文章，重新修订和编辑后汇总成了本书。这十二篇文章主要刻画了东京的"人"的变化，包括他们的生活状态以及个人意识的变迁。这一专栏是向开高健的《直击东京》的致敬，每一篇都邀请了不同的非虚构作家自行选择主题，走访东京不同的街区，以接力的方式撰写完成。本书的姐妹篇《昭和东京十二面相》则主要收录了该专栏中反映东京街道的变迁的文章。不管哪一本，都是写作者们往返于昭和与平成这两个时代，记录时代变迁的致敬之作。

东京从昭和走向了平成，这种时代变迁的气息，贯穿本书始终。在有的地方，昭和的气息被一脉相承地保留下来，而在另一些地方，昭和的味道早已荡然无存。此刻，随着平成的结束和新时代的到来，我们怀着想要记录下东京是如何从昭和走向平成的心愿，编写了本书（原则上，出场人物的年龄和职位以及其他相关数字都以采访时的记录为准）。

《文艺春秋》编辑部

哥斯拉和超高层公寓

在高楼林立的街道上，连哥斯拉都显得矮小

高山文彦

昭和三十三年（1958）完工的东京塔

東京塔的大瞭望台离地约一百五十米。如果站在这样的高处，一定会吓得不敢动弹。但我实际进入瞭望台后，却一点儿也没觉得害怕，甚至还感到放松，并饶有兴致地开始观赏窗外的景色。

理由是显而易见的。放眼望去，四周林立着和这里一样高，甚至是更高的建筑，它们争相高耸入云。谁能想到，三十年前我登上东京塔的时候，曾害怕得蹲在地上不敢站起来。

望向窗外，东京的沿海地区，从晴海、品川到更远的千叶方向，是多到数不清的超高层建筑群，既有办公楼也有公寓楼。在台场、汐留以及东京站周围，也是密密麻麻的高楼大厦。目光转向左手边，以二百五十六米高的虎之门之丘大厦，二百四十八米高的位于赤坂的东京中城以及二百三十八米高的六本木新城森大厦等建筑为首的世界知名建筑群，齐齐直冲云霄。二十多层的建筑一度也看上去极高，现在它们蹲在这些摩天大楼中间，活像一颗颗可爱的蘑菇。

这还是我们这个世界的景象吗？

我的内心涌起一阵不安。灵魂深处开始本能地，对眼前的这些摩天大楼感到抵触。接着，一句台词突然冒上心头，我自己也大感意外：

照这样下去的话，哥斯拉到底该怎么办呢！

我所熟知的哥斯拉，身高五十米，体重两万吨。这个高度只有二百五十米级别的高楼的五分之一。靠这样的体形，要摧毁东京简直是天方夜谭。

沿海地区的超高建筑群绵延不绝，从大瞭望台这个角度看，它们之间几乎没有空隙，像是立起了一面将东京湾包围起来的高墙。这堵墙遮蔽了海风，造成了内陆地区的热岛效应。为此，这些建筑群曾饱受批评，然而现在早已听不见这种负面的声音了。看看埼玉县的熊谷，那里每到夏天，便会向外夸耀他们又夺下了日本当年的"第一高温"。的确，除了一笑了之，人们还能做什么呢？

不仅附近的居民们被这些超高建筑群夺走了日照时间，住得更远的人家也深受其害。夏天的时候，这些摩天大楼像煮沸的水壶般，向四周辐射大量热气。这样的城市面貌，便是战后日本发展的结果。文明早已远去，远到使我这样的人无法触及。

开高健见到的东京

开高健只登上了大瞭望台。在大瞭望台的一百米之上，还有特别瞭望台，是在他参观东京塔四年后的昭和四十二年（1967）7月起对外开放的。开高健从昭和三十八年（1963）的秋天至次年的晚秋在《朝日周刊》上连载《直击东京》，从各个角度探访和记录了为迎接奥运而热情高涨的东京，这是奥运会首次在亚洲举办。

其中有一章名为"从东京塔俯瞰地面"。开高健这样写道：

从窗户内侧俯瞰着一千万人口的东京，我不由得深深地吸气、呼气。在某部法国小说中，年轻的主人公登上蒙马特高地的最高处俯瞰巴黎，勇敢地说出了"等着巴黎被我征服的那一天"这样的豪言壮语。我倒是没考虑这么初生牛犊不怕虎的事。我先是喝了瓶可口可乐，接着慢悠悠地点了根烟，抬头望向天空，感叹宇宙之宏大，人类之渺小，似那可怜的水蚤。

那么，此刻的我也抱着和开高健一样的想法吗？开高健在这篇文章的前半部分中提到，对于东京来说，为了促进首都功能的转移和人口向地方的分散，道路的扩张和保养必不可少。因此他提议，东京都内所有的个人住宅，都应该为了公共空间，忍痛放弃自家的庭院。

他接着这样写道：

吸收每家每户庭院的空间来拓宽马路，并让大家都住进高层住宅。这样做换来的是绝佳的公园和林荫道。只要每家每户让出自家庭院的空间，日本的公园和山林就能永葆美丽吧。

然而此刻在我眼前展开的东京，首都功能的转移以及人口的分散化远未实现，但"高层住宅"以及"公园和林荫道"倒是像开高健设想的那样随处可见了。但他或许并没有希望"高层住宅"发展到如今这种程度吧。它们高耸入云，像森林一般枝繁叶茂，绵延至海边。不止是东京，听说现在很多地方的大城市中，超高层的公寓和办公楼也如雨后春笋般拔地而起。

有这么一群被称为"空中族"的人，他们专门购买超高层公寓的高楼层，等房价涨到高点就卖出，赚取大笔利润。房子对他们而言，不是用来住和生活的，而只是投资的对象。假如把一幢公寓里的全体住户集合起来，其人数几乎可以相当于一个村或是镇的规模。但如果在这个公寓里，大多数住户购房的目的只是投资，那么它怎么可能顺利发挥其作为共同体的功能呢？

东京将再次举办奥运会，但是和当时开高健眼中战后国家复兴的时代比起来，情况实在是相差太多。在经历了东日本大地震、福岛核泄漏事故及相关次生灾害后，日本全国各地又相继出现了大规模自然灾害。虽然各大媒体都在鼓动社会对奥运的期待，但住在这个列岛上的居民们也许只是在冷眼旁观。在他们心中，奥运会只会让土木建筑业、广告业和媒体行业赚个盆满钵满，与其给这些行业投入那么多资金，还不如把这些人力物力花在东北以及其他受灾地区的振兴上，更不用说还有核泄漏事故亟待善后。在民众眼里，奥运一结束，超高层公寓的价格肯定马上会被看空。那些房地产商、"空中族"还有外国投资家，都在盯着奥运结束前将房子转手的最佳时机。

经济、政治都早已全球化。现在，资本主义，或者说新自由主义的经济体系已将其牢固的制度扩散到全世界各个角落，并将迎来全面成型。这将是个充斥着"钱、钱、钱"的世界，弱肉强食的局面将进一步升级。而眼前密密麻麻的超高层建筑群正是这种趋势的一个象征。

我登上了特别瞭望台。站在二百五十米的高度再向下俯瞰，风景完全改变了。许多超高层建筑一下子远离了我的视线，东京的全景尽收眼底。但这样的东京突然失去了真实感，包括更远处雾霭蒙蒙的富士山、丹泽群山以及筑波山，都像是手艺精巧的工匠打造出来的逼真模型。这时，我脑海中又浮现出另一件事。

那个孩子到底是怀着怎样的心情，从那么高的地方跳下去的呢？

患上高处无感症的孩子们

2016 年 4 月曾有这样一则新闻：大阪市阿倍野区，一个六岁女孩从超高层公寓的四十三楼跌落致死。小女孩本来在和家里人一起看动画片，出现有关翱翔天空的镜头之后，家人忽然发现女孩不见了踪影。正当家里人纳闷的时候，他们发现离地板一米高的窗户被打开了，原来女孩竟用椅子爬上去跳出了窗外。我正是在那时候第一次看见"高处无感症"这个词，其基本症状是在高处完全不感到害怕。有学者指出，出生以来一直生活在高层建筑里的人，更有可能出现这种症状，特别是那些一直生活在高楼里，没什么户外游戏经验的孩子，因此父母们必须格外留意。

一层的高度按二点五米算的话，四十三层的高楼轻轻松松就可以超过百米。那个女孩难道不是和现在的我一样，把外面的景观误以为是连接到脚下的模型了吗？这真是现实的虚拟化，虚拟的彻底现实化啊！在女孩的眼里，窗外或许就是真实的迪士尼乐园。

搭乘超高层公寓的电梯，不到一分钟就能到四十三楼。所花时间之短和真实的离地距离之间产生了某种不平衡的关系。在顶级高层公寓的一楼，一般会有便利店和超市，有的公寓里甚至可以见到牙科和儿科医院，以及托儿所、美容院等等。别的楼层则有健身房和泳池，还有供孩子们玩耍的广场。不出公寓就可以安心便利地完成大多数日常活动。而这种便利的代价是，孩子们丧失了出门玩耍的机会。一般阳台上连花草盆栽都不会摆放，孩子们也从没见过小鸟和蝴蝶。

"风声特别大，尤其是刮台风的时候，感觉整个公寓都在晃。"一位住在东京都内超高层公寓的熟人向我这样描述道。我心想，是啊，住在高楼里确实会出现这种情况啊，就像没人会把自己的房子建在光秃秃的山丘顶上吧。于是我又问他："在公寓里只能听到风声吗？"他回答道："不，还听得到雨点敲打玻璃的声音。"

根据另一位也住在超高层公寓的熟人描述，首先进公寓大门的时候得用钥匙。大厅里会有接待员，穿过大厅，进入电梯厅时，必须再次使用钥匙。接着第三次插入钥匙，按下自己家所在的楼层，电梯将会直达该层。就算不小心按错了楼层，电脑系统也不会接收指令。为此，很少会和别人搭乘同一部电梯。这一串复杂的流程，确保了公寓内不会有可疑人员流窜。一旦发生了地震，防灾中心将在公寓内实时通报详细情况，就算在电梯里也能马上得到避难引导。

由此可见，也许对那个小女孩来说，就算一个人也可以放心大胆地在这一百米的垂直距离间来来回回。她望着脚下的东京模型，心想，既然没什么危险，那我也要像动画片里的小鸟一样飞飞看。住在超高层公寓里，确实能感到便利和安全，但与此同时，人渐渐忘记了自己身上一样非常重要的东西，最终任由它被夺走了。

这样东西便是我们的"本能"。便利和安全使人丧失了很多能力。正是本能感知到的不方便和不安全孕育了我们的行动——我们恐慌于此刻如何才能活下去，为此绞尽脑汁，穷尽人类的智慧，收集各方信息。奥地利生物学家康拉德·洛伦兹在他的著作《论攻击》里提到，人类的攻击性不是源自无知和偏见，攻击性是人类作为一种生物与生俱来的"本能"，人的攻击性一旦被夺走，关怀他人而产生的友情、爱情、奉献等丰富的情感也会随之消失。也许会有人质疑这种说法根本就没法套用在一个年仅六岁的小女孩身上。那么，假如她真有"高处无感症"，又该如何解释呢？

每个人或多或少都有点恐高。而正因为有了这种恐高的心理，人们才有了规避风险的智慧："高的地方是很危险的，我们不可以去。"也就是说，感知到高处危险是出于人类作为生物的本能。"高处无感症"则正好相反，它不是出于本能，而是由成长环境后天塑造的。

我又回到了大瞭望台，地板上嵌有一平方米左右的透明钢化玻璃块，我打算站上去试试，就先弯下腰仅把脸凑近玻璃看了眼下面的世界，只见芝麻粒般大小的汽车正来往穿梭，顿时全身都起了鸡皮疙瘩。在我们前面，有几个孩子先站上了那块玻璃，正毫不惧怕地盯着玻璃下面的风景。我一鼓作气，也站上了那块玻璃，站上去的一瞬间，档部就像碰上冰块似的一下子缩紧了，我吓得赶紧跳开了那块玻璃。难道"高处无感症"说的正是前面那几个孩子吗？

我不由得祈祷这些孩子不要被大人们这些花里胡哨的装置所迷惑，衷心地希望他们能摆脱高处的诱惑，顺顺利利地成长。

东京塔背后的深意

接下来，我想简单谈一谈有关东京塔的故事。

东京塔建于昭和三十三年（1958），在其竣工后的很长一段时间内，都是世界上最高（三百三十三米）的建筑，甚至超过了巴黎的埃菲尔铁塔。东京塔的建造仅费时一年半，这样的速度令世人惊讶。在大瞭望台的正下方便可以见到芝公园的增上寺，它为东京塔的建造让出了一部分原本是墓地的空间。增上寺曾受美军空袭，几乎被烧得一干二净。不只是增上寺，这一带都曾遭战火摧毁。翻看竣工后在东京塔上方拍摄的照片，它巍然屹立于蓝天之下，然而在东京塔脚下，只能看见芝公园的绿草悠悠，却不见任何大型建筑物。

可以说，这座塔是为了鼓舞日本国民积极投入战后复兴而被建造的。在建塔之前，随着朝鲜战争的爆发，美军在日本进行了大量的物资采购，日本因此大赚了一笔，复兴之路由此展开。昭和三十一年（1956）的经济白皮书中甚至这样讴歌道："这简直都不像是在战后。"建造东京塔时，大量使用了美军在朝鲜战争中报废的坦克熔炼后得到的钢材。换言之，这座塔是由食人鲜血的器具搭建而成的。

除此以外还有很多意味深长的事实。现在已经很少人知道，东条英机等甲级战犯在皇太子（后成为明仁天皇）十五岁生日的时候（1948）被处以绞刑。而东京塔的竣工仪式是哪一天呢？同样是在 12 月 23 日，即甲级战犯被处刑十年后，皇太子迎来二十五岁生日的那天。二战的战胜国为了使按顺序迟早会继位的皇太子接受战败这一事实，将战犯处刑的日子定在了他的生日。而日本人将竣工仪式也安排在这一天，难道不是为了驱除皇太子身上因战犯之死带来的不吉，从而对战败这一事实释怀吗？

此外，皇室会议在东京塔竣工前不久的 11 月，同意了皇太子和正田美智子（后成为日本皇后）的婚事。可以说，对于在少年期深刻体会了世间残酷的皇太子而言，东京塔是一份双重意义上举全国之力打造而成的礼物。为了赶在皇太子生日那一天完工，以建筑工人为主的工匠们，不得不奋力从早上 6 点忙到晚上 6 点，连日组钢材、涂漆料。

经历了上百回空袭的东京，有近十二万人死去或下落不明，曾一度成为一片茫茫荒野。死者的遗体被人发现后会被火化，但下落不明的人只能成为瓦砾下的骸骨，或是在寻找水源时，沉入河川，随流水漂走。

东京都的《东京百年史第六卷》（杂志《行政》1972 年刊）上详细记录了有关东京河川的惊人事实。据记载，"百年计划"这一为了战后首都的复兴不可或缺、一定程度上借鉴了欧洲城市规划的长期构想，被轻易地"放弃"了。于是，在"完全没有展望过该如何复兴东京，该把东京改造成什么样"的情况下，政府开始毫无计划性地实施缺乏远见的"应急处置"。比如，将包含有大量瓦砾的"熏肥"随意扔进附近的河里，以此填埋河川，形成一片新的、细长的公有土地。这些"熏肥"里，这些河里，想必都混杂着死者们的骸骨吧。

"自江户建成以来约三百年间，东京的河川一直是这个城市的大动脉，保障着物资的流通，它们就这么被生生截断了。这就是所谓应急措施带来的后果。像网眼般散布在下町一带的水路及其两岸，都曾是这个城市的运输干线和交通枢纽。"该书的撰写人、历史学家铃木理生这样写道，并表达了他的忧虑："为了一己私利，就这么不计后果地填埋自古以来给人们的生活带来巨大恩惠的河川，这种官僚作风实在是叫人头疼。"他还进一步提出了批评："即使是在现代社会，水路运输难道不是依旧可以有效缓解东京的交通拥堵吗？"

不久之后，短视的弊端出现了。由于多数的河川都被填埋了，在大雨滂沱，城市排水系统难以承受的时候，东京的街道到处都出现了积水。此外，根据应急性质的城市规划，不仅仅是在东海道等原本专供行人过往的五大主干道上，甚至是在保障孩子们上下学的通学路上，大型卡车都可以畅行无阻。在欧洲的城市里，常常可以见到不用担心车辆往来的行人专用道，但它们在东京完全失去了踪影。东京都和各区将填埋河川后造出的土地卖给企业，让企业开发。如果河川没被填埋的话，或许还可以一定程度上缓解夏天的闷热。政府和企业通过不断增加城市容积率，一手导演了泡沫经济，使民众也陷入了疯狂。现在则是到处开发超高层建筑，似乎终于从战后日本独有的"不断拆旧造新"这一噩梦般的连锁反应中逃脱了出来。

记忆里用纸和木头搭建的房子，再见了！

欢迎来到巨型高层建筑的世界！

东京的地下，长眠着许多逝去的人。晚上从车窗内无意间抬头的时候，我偶尔会惊讶于亮灯后的东京塔像炭火般通红。我不由想，这座塔根本就是一座为了纪念那些在空袭中逝世的百姓们而存在的慰灵塔啊！

哥斯拉也在变高

稍微研究了一下哥斯拉之后我发现，原来，随着东京的大楼越建越高，它的身高也在不断增长。

在昭和二十九年（1954）上映的第一部电影中，哥斯拉的身高确实是五十米。这个身高持续到了昭和五十年（1975）上映的第十五部。然而九年后，在昭和五十九年（1984）上映的第十六部电影中，哥斯拉长高了三十米，身高变成了八十米。而把哥斯拉设计得更高的理由，自然是为了不能输给在东京这样的大城市里越建越高的大楼。

在平成三年（1991）上映的哥斯拉系列第十八部《哥斯拉大战基多拉国王》中，它的身高终于到了一百米（体重六万吨）。基多拉国王和哥斯拉分别破坏了曾遭核爆的广岛和东京塔。两者最终在新宿的东京都厅前展开了决斗。在高达二百四十三米的都厅大厦前，即使是怪兽哥斯拉，也显得颇为矮小。

到之后的第二十二部为止，哥斯拉都保持着一百米的身高。然而在随后的系列电影中，不知为何它又缩小到了五十五米和六十米之间。正当我纳闷的时候，在平成十六年（2004）上映的第二十八部《哥斯拉：终极战役》中，它的身高回到了一百米。接着，在十二年后的平成二十八年（2016）7 月 29 日全新上映的第二十九部《新哥斯拉》中，一下子变成了高达一百一十八点五米的庞然大物。

在最新版的剧情设定中，东京湾水面突然冒出某种巨型不明生物，其强大的破坏力令城市危在旦夕。这便是史上最巨型的哥斯拉第一次出现在人类面前。预告片中，哥斯拉面目狰狞，表皮如锯齿般凹凸不平，全身通红，仿佛其内部在熊熊燃烧。这正是哥斯拉体内的核裂变反应产生巨大能量的证据。在以往的哥斯拉系列中，它何曾展现过如此愤怒的表情？片名《新哥斯拉》（シン・ゴジラ）中"シン"代表的意思，与其说是"新"[一]，不如说是在宗教、道德意义上代表

〔一〕　　　日语中，日文汉字"新"，可以用日语的片假名标记为"シン"。

罪孽的"sin"〔二〕。

在电影中，哥斯拉突然出现在东京湾，大摇大摆地破坏着远比它更高大的现代都市大楼。哥斯拉先从高二百零三点五米的超高层公寓下手，接着，在当下人气极高的川崎市武藏小杉一带，面对自卫队猛烈的炮火攻击纹丝不动。夜间被远远拍摄到的哥斯拉，正一步步迫近东京市中心，这样的景象莫名有一种美感。航拍镜头下的东京，除了静候哥斯拉的来袭以外别无他法，虎之门之丘及其他超高层建筑群落寞地伫立其中，一览无余。居民们早已四处疏散，东京变成了一个空壳。摩天大楼们反射着冰冷的光，像是无数立在墓碑后的卒塔婆〔三〕，整个城市看上去不过是片墓地。

哥斯拉身上最引人注目的是它的胸部，像是塞满了什么东西似的异样隆起，其内部正熊熊燃烧，呈现出炭火般的颜色。这暗示着哥斯拉的身体里储藏着核反应堆。在哥斯拉的脚边，散落着支离破碎的楼房，像被巨龙之腹碾压过一般。毫无疑问，这使人联想起三陆〔四〕沿岸地区遭遇大海啸后的景象。电影中的主角以及其他主要出场人物都是政治家和官僚。在首相官邸地下的危机管理中心内，他们正慌乱地应付着局面。

很显然，这部电影是从东日本大地震和核泄漏事故中受到了启发而创作出来的。哥斯拉象征着大地震、大海啸，而其自身，正是一个

<hr/>

〔二〕 英文"sin"意为罪恶。日语中，"sin"作为外来语，也可以用日语的片假名标记为"シン"。
〔三〕 卒塔婆是为了供奉故人，立在墓后的塔形竖长木片，一般写有经文及死者名号。
〔四〕 三陆地区主要包含横跨青森县、岩手县和宫城县的三陆海岸以及其内陆的北上山地。

　　　　　　　　　　　　　　　平成东京十二面相

核能发电站。

回想起来，东京正是独享了福岛核电站的供电而蓬勃发展起来的。新版本哥斯拉的角色设定，就是因五年前发生的大海啸和核泄漏事故而苏醒的一种怪物吧。影片选择让这个怪物袭击东京，就是想要讲述一个因果报应的故事。怪物作为"罪孽"诞生到这个世界，最终它选择袭击人类这个始作俑者，而人类也因自己的"罪孽"而饱受磨难。两万遇难者的亡灵正依附在因"罪孽"的悲苦而拼命挣扎、发狂怒吼的哥斯拉的脊鳍上。

硬件设施优先的城市规划

就超高层公寓的问题，我采访过欧拉加（Oraga）综研公司的公司代表牧野知弘，他曾在三井不动产工作，著有《2020 年公寓大崩坏》（文春新书）一书。牧野表达了对高层公寓前景的担忧，并指出日本人的"建筑信仰"即将走到尽头。

"由于东日本大地震的影响，超高层公寓一度面临滞销。之后开发商以免震构造以及应急发电机等营造安全感的硬件为卖点，使公寓再次畅销。此外，自 2013 年东京申办奥运会成功后，将用来开发主会场的沿海地区立刻吸引了中国大陆和香港等地的投资家的注意，公寓价格迅速飙升。"

根据不动产经济研究所的数据，约有九万户人家住在二十层以上的超高层公寓里。超高层公寓的兴建在 2009 年最为火爆，后因东日本大地震而急剧萎缩，而到了 2015 年，公寓开发再次回温，兴建数量甚至接近前一年的两倍。

然而，牧野这样说道："日本人太相信建筑了。我一直以来从事不动产相关的工作，也看过很多新房。这么多年的工作经验使我明白，建筑，是一种消耗品，即它是有瑕疵的。日本消费者误以为房子是被完美无瑕地建造出来的。然而就算被建造得很完美，过上二三十年，建筑物也会老化。如果要买房子的话，应该把考量的重点放在土地上。土地是不会变旧的。但是，当购买大多数超高层公寓的时候，建筑费用几乎占了房价的全部。在房子刚被建好，看上去光鲜亮丽的时候买下，等到四十年后终于还完房贷，但房子早已变得破旧不堪，其实也不是什么稀罕事。"

但土地不会变旧，因为土地上铭刻着历史。

牧野继续说道："在东京，地基稳固的地方大多在西面。比如千代田区的番町和文京区的小石川等地，就是从江户时代开始，发生地震时总能安然无恙的土地。在这类高级住宅区的土地上，可以找到经过历史多次验证的、充足的事实依据。"

在江户时代还是大海的沿海地区，是不可能找到这种土地的记忆的。那里一直以来只是在不断地填海造地、修建高楼而已。

"日本的城市规划，依旧是'硬件设施优先'。先建大楼，再募集住户。先规划办公楼，离竣工还有一年的时候，才开始匆忙募集租户。从没有想过是为了谁在建造。新楼盘一定好卖这一'信念'，支撑着整个建筑行业。我希望大家在选择和购买公寓的时候，能把目光放在土地上。大家应该挑选依靠当地社会整体的力量来不断提升公寓价值的土地。一幢超高层公寓也类似于一个街区，但遗憾的是，这个街区只是在逐年老化。"

远离大地

"说起来，我们真是离大地越来越远了。"作家兼评论家松山严在他的著作《住所杀人事件》（美铃书房）中如此写道。虽然书名使人联想到悬疑小说，但其实是一本优秀的建筑论和都市论。松山是个很有意思的人，他毕业于东京艺术大学的建筑系，但最终没有选择成为一个建筑家。

他总是在说这样的话："在东京，哪儿都没有建筑，只是在搞建设而已。"

我擅自解释为，"建筑"指的是思想，而"建设"是指效率。

该书刚出版的时候（2004），松山还住在爱宕老家的独户里，离虎之门很近。但现在，就像他说的那句话一样，住在六本木一幢公寓的十二楼。他邀请我去过两次。他本人对这个房子很不满意："真不喜欢住在这么高的地方。"松山老家所在的地方，现在正由森大厦公司进行开发。这家公司将围绕爱宕的山麓和虎之门之丘，建造地上三十六层的办公楼和五十六层的住宅楼，甚至还将开发高达五十二层、与虎之门之丘相同规模的大楼。

"住在公寓里，看不见树林，听不见吹动叶子的风声，淋不着雨，嗅不到泥土的芳香。取而代之的是总被维持在一定范围内的照明、温度和高速升降的电梯，以及总在运转着的电脑。（略）人类不过是寄生在机器之间的空隙中罢了。"松山曾在他的书里，将一间间公寓比作一个个箱子，没想到自己有一天也会住进箱子里。

我和松山约好了一起在爱宕附近散步，便先去拜访了他的家。松山住的公寓有二十层高，周围满满都是高得更多的超高层公寓。穿过

哥斯拉和超高层公寓

这高档公寓旁铺设的林荫小道，走进虎之门五丁目的一条小商店街，抬头便可以看见虎之门之丘伫立在正前方，金光闪闪。

"小的时候，我还到这附近采集昆虫，那时候真是悠闲啊。这附近当时还有贫民窟。"松山自言自语道。他是昭和二十年（1945）出生的人。

"说起来以关东大地震（1923）为分界点，东京发生了巨大改变。修建了宽阔的马路，迁走了很多寺庙。寺庙是一个地方的信徒们参拜和交流的场所，寺庙被迁走，人和人的联系自然也没那么紧密了。即便如此，战前针对建筑物还有百尺规定，即修建大楼时，最高不能超过三十三米。旧丸之内大厦就是一个典型例子，可以在屋顶打打排球什么的，还可以跟隔壁大楼楼顶上也在玩耍的人挥手打招呼。所以在当时，建在皇居前、可以将皇居一览无余的东京海上日动大厦成了大问题。"

我们穿过森大厦公司开发的爱宕绿丘，左手边是通向爱宕山的陡峭石阶，我们走进右手边的一条细长的小巷，眼前意外出现一块房子被拆除后、用绿色栅栏围起来的空地。

"这里是我原来的家。"松山指着右侧的空地说道，接着又望向巷子的左侧，"这里以前是用来堆石头的。"他的父亲是一名石匠。

经过漫反射的光依旧很耀眼，洒落在我们脸上。虎之门之丘的摩天大楼，正俯视着我们。

"新的大楼就是要盖在这儿吧。"

"是啊。"

"简直是要一路再开发到爱宕山山下啊。"

在散发着冷光的巨型箱子脚下，爱宕山蜷缩成小小的一团。一想到完工后的景象，我不由得直冒冷汗。原来要建二百五十米以上的摩天大楼，得从人们手里回收这么多土地。这里还有不少刚建好的人家和楼房，接下来都得面临被拆除的命运。

"虽说欧洲很少发生地震，但也没见过这么高的建筑物。因为他们有不造比教堂更高的建筑这种不成文的规定。"松山继续说道，"教堂里不是保管着好几代信徒的名册吗？但在我们的京都，已经开始修建比五重塔还要高的建筑了。法律早就被修改了。那幢俯视皇居的大楼建成的时候，还引起了许多非议，现在呢，看看周围，早就是高楼林立了。"

从巷子出来，走到更宽广的马路上，可以看见几座残存的寺庙。旁边是一幢琵琶工匠住的小房子，年迈的丈夫正忙着手上的活，老妇人则坐在一旁，凝神看着丈夫。看到这一幕，我不由得感慨，这条街道直到现在，都很好地保存着江户的传统啊。事实上，爱宕一带，曾经是服务于芝公园增上寺的工匠们居住的街道。

人类无尽的欲望

好几年前，在某家电视台播放的纪实节目中，一位在东京推进大规模城市再开发的房地产开发商社长，坐在直升机内，望向窗外的大地，豪言壮语称他们要在全东京建满大楼。听到这样的话，我大吃了一惊。"那么，"我很想问问这位社长，"难道这里不也是你的故乡吗？过去和你生活在同一片土地上、同一片天空下、和你从属同一个社区自治会的同乡们，他们曾一起站着聊天，曾在夏天的傍晚，搬出折凳坐在家门前乘凉。孩子们曾在神社的空地上，嬉笑玩耍。现在他们去哪儿了呢？或者说，你把他们带到哪儿去了呢？"

追求高度便利性、高效化、安全和洁净的后果是，都市空间变成了极端人工化的机器。人们生活在这个冷冰冰、毫无人情味的空间里，看上去似乎乐在其中，但实际上，他们只是被"收纳"在这里。过去，人与天地的交融感仿佛足以晃动身体，人的本能可以在一瞬间被唤醒。人能直观地体验到自己只是隶属于宇宙和自然，终有一天将面临死亡的命运，因而保持谦逊，同时又饱含生的欢喜。然而，现代都市空间试图去除人类身上的这些灵性，只给人类特殊待遇，不断追求人类自身的舒适，并以此为至高无上的目标。这简直就是现代主义的极致展现。

"我们接下来去虎之门之丘吧。"松山说道。

我们从正面仰望这个大箱子。开高健啊，您是否梦见过五十三年后这幅景象的东京呢？

连哥斯拉都没有破坏的皇居的周围，树立起数不尽的高楼大厦，这就是人们不再注重礼节的证据吧。哥斯拉没打算跨进皇居一步，不是出于它对皇室的尊敬或不尊敬，而是因为里面有最原始的自然。

我内心呼喊，人类无穷无尽的欲望催生出的这些卒塔婆啊，请为人类失去故乡之痛而哭泣吧。

作　者

高山文彦，作家。1958年出生于宫崎县。作品《火花——北条民雄的一生》曾获大宅壮一非虚构文学奖。其他著作有《厄勒克特拉——中上健次的一生》《命运之子——笹川一族的神话》《二人——皇后美智子和石牟礼道子》等。

02

强烈反对托儿所的人们

待收容儿童不断增加，居民们却不再宽容

森　健

原本将来修建托儿所的空地，现工程已中止。

☀

　　搭乘东急池上线，在雪谷大冢站下车，往西北方向走便到了世田谷区的东玉川。这是块安静优雅的住宅区，北靠世田谷区的奥泽，西临大田区的田园调布。这一带大多是占地面积较大的独门独户，来往的行人很少。

　　走上十分钟，一条黄色的横幅映入眼帘，上面写着的内容与周围的平和形成了鲜明对照：

　　"反对建设！建设破坏居住环境！"

　　这语气听上去可不怎么平和。不过居民们强烈反对兴建的，不是什么危险性建筑，而是一所托儿所。

　　"又有危险的三岔路口，又有坡道和单行道，这里根本不适合建托儿所。"

　　这样的文字也出现在横幅里。在东玉川，自 2015 年来，居民们不停地发起反对开办托儿所的运动。

　　要建托儿所的土地原本是防卫省的职工宿舍。随着国家公务员宿舍削减计划的推行，这块空地面积已达到五百二十六平方米。2014 年 12 月，世田谷区为了有效利用这块整合起来的空地，决定在这里开办托儿所。计划将建成符合国家标准的可容纳六十人的中等规模托儿所，并于 2017 年 4 月起运营。

　　然而，在举办居民说明会的时候，附近居民发出了"反对开办"

的声音。一位东玉川的女性居民回忆，刚开始的时候，虽然有一部分人态度十分强硬，但并不是所有居民都反对建托儿所。

"最初只是发发牢骚的程度，反对的人认为政府不顾居民们的想法，一个劲开办托儿所不合情理。但是每开一次说明会，就有更多反对的声音，'建了托儿所，地价会下跌'，'每天早晚路上会有很多接送小孩的自行车，太危险了'，'噪声太吵'。"

政府曾多次召开说明会，但最终也没能和居民们就托儿所的兴建达成一致，空地面积倒是越来越大了。在杂草丛生的建筑用地上，也拉着"反对开办"的黄色横幅。

就算建了也远远不够

对于孩子们来说，这是个受难的时代——我不得不这么想。全国各地都相继出现了托儿所开办被中止的现象。

最近几年出现托儿所开办被"延后"及"中止"的地区有世田谷区、目黑区、中野区、杉并区、调布市（以上都在东京都内）、千叶县的市川市等，都是人气很高的住宅区，同时也是待收容儿童非常多的地区。

所谓待收容儿童，即递交了入所申请也无法进入托儿所的儿童。根据最新数据，以世田谷区为例，就有一千零九十八名，在全国各区内人数最多。仅东京都就有八千四百六十六名，日本全国则高达两万三千一百六十七名。有这么多的儿童想进却进不了托儿所。

各自治体也并不是无所作为。以东京都为例，符合国家开办标准及东京都标准的托儿所可以容纳的儿童数，从 2006 年的十七万人，大幅上涨到了 2015 年的二十四万人。

但是，待收容儿童的数量并没有减少。现在，生育后想继续工作的女性变多了，同时经济环境又在不断恶化，以 1997 年为分界线，居民平均收入不断下降。即使有了孩子，妻子和丈夫都得工作的家庭非常多。女性把孩子交给托儿所照顾从而继续工作已变成了理所当然的事。因此，再怎么建托儿所，也远远不够。

即使是在这样的情况下，一旦提出要开办托儿所，立即会有人站出来反对。他们到底是什么样的人，又是出于什么样的原因呢？

离上述的东玉川那块空地约两千米的地方，还有一块争议不断的土地。

沿环状八号线这条环线干道，进入世田谷区的玉川田园调布，往东面走便有一块约八百四十平方米的土地。与东玉川地区一样，同时期这里也发生了反对兴建托儿所的运动。

运营方敲定了土地，向世田谷区政府提交了托儿所开办方案，并计划在 2016 年 4 月开始运营。土地面积足有八百四十平方米，土地所有者也对托儿所的开办表示支持，但建设规划刚成形，便引来不少反对的声音。

在这块土地前方，是一条较为平缓的下坡路，宽五米，但依然引来了非议："早晚接送孩子的时候，自行车下坡速度太快很危险"，"坡道不适合母亲带着孩子一起通行"。

一位附近的居民表示，会出现这样不满的声音完全是意料之中：

"这块区域以独户居多，从以前开始居民们就不允许有谁对这里指手画脚。有个叫玉川田园调布居住环境协议会的自治会，只要他们不同意，连一株盆栽都种不了。反对托儿所的也主要是协议会里的那些人。这也是理所当然的，入会的人不管是年龄还是生活方式，都和托儿所没什么关系。他们绝对不可能理解想要把孩子寄放在托儿所的母亲们的心情。"

我拜访了世田谷区负责处理儿童及年轻人相关问题的部门负责人，试图询问有关土地开发的更多信息。但对方面露难色，婉言拒绝了我的采访：

"谈判好不容易有进展了。就算是为了托儿所的顺利开办吧，希望媒体们暂时不要来报道这件事了。这是我们最真实的想法。"

在这个节骨眼上，要是托儿所的事上了新闻刺激到反对者，原本谈得拢的事都有可能谈不拢了。

在别的区，我也经历了因为不愿触及敏感话题而拒绝采访的情况。

"非常抱歉，我们不能接受采访。"东急东横线的都立大学站附近也计划要开办托儿所，我就此事提交了采访申请后，目黑区保育计划科的负责人也同样表示了拒绝，理由和世田谷区一样，"僵持的局面好不容易有所松动，不想多生事端"。

在目黑区，托儿所的开办本就不顺利。2015 年原计划新增六家符合国家开办标准的托儿所，但最后实际开出来的只有两家。这其中一个很主要的原因是，虽然招募到了运营方，但租不到合适的土地。此外，一家原计划在 2015 年 4 月于目黑区平町开办的托儿所，由于遭到居民的反对，一度被搁置。

计划开办托儿所的地方，原本是一家钢筋构造、两层高的小工厂（占地三百二十平方米），离都立大学站步行约七分钟。原计划可以容纳六十名零到五岁的儿童。2014 年 10 月，找到了合适的管理运营方，11 月开始在目黑区公告栏招募适龄儿童。然而到了接下来的 12 月，托儿所的运营方却发表了延期通知。延期的原因是区政府收到了由两百二十个附近居民联名签署的反对书。相关人士回忆道，其中一个很常见的理由，是人气很高的住宅区才特有的：

"最典型的就是地价了。有居民表示：'这一带地价这么贵，我们一直交着很高的固定资产税，还得忍受托儿所什么的，也太不合情理了吧！'我不是很明白这跟抵触托儿所的开办有什么关系，继续询问后，那位男性十分气愤：'一旦开了托儿所，地价肯定会跌。要是真跌了，都是托儿所的责任！'"

然而，艾伊吉斯（Aigis）公司的代表胁贵志表示，到目前为止，还没有出现因开办托儿所而导致地价下跌的情况。该公司长期提供开办托儿所遇阻等相关问题的咨询服务。

此外，抵制托儿所一派的女性居民，还认为母亲根本就不该把幼儿交给托儿所照顾。

"像'守护家庭、养育孩子才是母亲的工作'这种想法实在是老掉牙，但点头称赞的人不在少数。"

最后，和其他地区一样，反对理由中最多的，还是对噪声和道路安全问题的担心。

"这片居民区向来很安静，实在不希望被孩子们的吵闹声破坏。"

"路这么狭窄，如果有很多母亲来接送孩子，一定会很危险。"

我实地探访了计划兴建托儿所的那块土地，东侧连接的道路有六米宽，不过南侧的路确实很狭窄，最多只能通过一辆汽车。但说实话，在东京都内，这种程度的窄路并不罕见。

那之后，运营单位和目黑区政府继续同居民们谈判，提出了一系列妥协方案，比如使用双层窗来加强隔音效果和限定接送道路等。终于在晚于原计划一年两个月后，托儿所开始运营。

在整理了大量反对托儿所的案例后，我把反对的主要理由总结为两点，分别是道路狭窄带来的安全隐患和儿童带来的噪声。这样的不满到底是从什么时候开始出现的呢？

"托儿所里的小孩太吵了"

"十多年前发生的公园噪声问题，可以说给反对托儿所开办问题埋下了伏笔。"横滨市立大学的三轮律江副教授这样说道，并结合自身专门研究育儿和城市建设问题的经验表示，他在 2007 年左右感受到了这种变化。

那个时候，一家以支援育儿为目标、运营托儿所等机构的非营利组织，就托儿所开展育儿活动时该如何与当地居民共同使用公园这一问题，前来咨询三轮副教授的建议。

带着这个疑问，他针对横滨全市的托儿所做了问卷调查，了解他们平时如何使用附近的公园。调查后发现，一部分托儿所收到了来自当地居民的投诉，居民们表示在公园玩耍的孩子们太吵了。

"毕竟是孩子，玩耍的时候自然会发出声音，为什么会有人对此不满呢？经过调查后发现，原来当地育儿的家庭越来越少，因此对孩子们的吵闹程度更加敏感。"

检索新闻报道后发现，托儿所的噪声问题确实是在 2007 年开始出现的。

一爱知县男性（79 岁），与患有高血压的妻子同住，苦
恼于托儿所的噪声。托儿所位于离家五米远的马路正对面。
今年 4 月以来，随着入所儿童数的增加，由于无法忍受鼓声
和运动会的练习声，该男性向托儿所提出了抗议，但托儿所
方没有给出任何回应。（《朝日新闻》，2007 年 11 月 17 日）

在这则新闻之前，大多数托儿所问题都是针对环境提出的，比如
担心托儿所附近的汽车尾气会对儿童的健康造成威胁等。但是，在上
文提到的报道里，出现了认为托儿所带来太多噪声、不满托儿所本身
的人。可以看出，在这个时期，社会风向发生了改变。

2012 年 8 月，世田谷区的区长保坂展人在网上写下的抱怨引起
了人们的讨论："在区政府收到的投诉中，有人表示'托儿所里孩子
的声音太吵了'，这可实在是叫人头疼。""为此，我们甚至安装了隔
音墙，也不让孩子们到托儿所外玩耍。"（这两条都是推文）

区长的这些帖子不仅被转发两千次以上，还被《朝日新闻》报道
了。可见，反对托儿所这种前所未有的主张，使世人大为震惊，所以
才引起了如此广泛的关注。

然而现实情况是，在这个时间点，反对开办托儿所的想法已渐渐
被付诸实践了。

在埼玉县埼玉市，原计划于 2011 年春天开始运营的托儿所因居
民的反对而作废；2013 年夏天，另一个托儿所开办计划也因遭反对
而被撤回。

在 2012 年夏天的东京都练马区以及 2014 年的神户市，都有居民
因不满托儿所的声音过于吵闹，噪声扰民，提起了诉讼。神户市早在

2006 年，练马区则在 2007 年，就有针对开办托儿所的反对运动的报道。可见随着时间的累积，矛盾正在一步步加深。

由于担心这样的反对运动进一步扩大，2015 年 4 月，东京都决定，在噪声管制的环境确保条例中，将儿童的声音排除在管制范围之外："对于婴幼儿来说，在成长过程中，玩耍是必不可少的。营造孩子们能尽情放声玩耍的环境，需要全社会的共同保障。"

大多数情况下，不管什么样的声音，只要超过四十五分贝就会被管制（家用空调室外机的声音大概是五十分贝）。在处理对儿童噪声逐渐升级的不满情绪时，东京都会依据《儿童福利法》以及《儿童、育儿支援法》（2012 年颁布），先发制人般地指出儿童的声音根本不属于噪声。

然而，尽管有这样的条例，对儿童噪声的不满却并没有马上消失。根据《每日新闻》的报道，2012 年之后，由于对噪声等的不满意见，托儿所开办计划被迫作废的案例，在全国"至少有十一起"。

那么，在托儿所开办问题上如此坚决的反对派们，都是些什么人呢？

据调查，不管是过去还是当下交涉的案例中，各地相通的一点就是提出反对意见的大多是七十岁以上的高龄者。

对儿童感到不适应的高龄者

2014 年，神户市就有一名七十多岁的男性起诉了附近的托儿所。他在接受采访时这样说道："儿童的声音对他们的父母来说很悦耳，

但对其他每天不得不忍受的人来说却是巨大的折磨。"(《每日新闻》)

据报道，这名男性在同一住所居住了三十多年，自己也抚养大了三个孩子。但是，在托儿所开办的第八年，他以"噪声太扰民"为由起诉了这家托儿所。

在调布市，2015 年至 2016 年也有一家托儿所的开办计划被迫中止，另一家则不得不延期。我就此事询问了调布市负责人后，对方也同样表示，反对运动的核心人员是七十岁左右的高龄者："提出反对的约有十人。说全员也许不太准确，但大多数都是七十上下的年纪。"

被中止的案例发生在调布市深大寺元町。一家符合国家标准的托儿所原计划于 2016 年 4 月开园，但在 2015 年 12 月，运营方宣布计划中止。原来，同年 10 月，在获得都政府的批准后，调布市在用来开办托儿所的空地上张贴起了建设规划。但这立刻招来了居民们反对的声音。运营法人和市政府负责人便马上开始挨家挨户地向附近居民收集意见，居民们的反应大多并不令人乐观。

"当地居民强烈反感政府这种做法，认为不合情理。"调布市负责人说道，接着善意地解释了居民们的消极情绪，"在这个深大寺元町附近，长年以来并没有托儿设施。因此，从直观感受上来说，这里的居民也许对儿童感到不适应。"

仅在两个月后的 2015 年 12 月，运营法人方面决定中止建设规划。他们判断，即使和居民们一直这样交涉下去，也难以取得满意的结果。

负责人再次解释道："深大寺元町一直是居民区，进出该区域的人不多，长期居住的也以高龄者为主。这些老人家，也许根本不了解托儿所是个什么机构，但下意识地敬而远之。"

因为不了解所以拒绝。

调布市负责人的这种观察和运营法人方面的体会不谋而合。布洛瑟（Blossom）公司在关东和关西运营共计十七家托儿所，公司代表西尾义隆说道："高龄者的有些反对意见，站在他们的角度看，也并不是毫无道理。因为大多数老年人，完全不了解现在的托儿所到底是个什么样的机构。"

西尾举了个例子，比如，很多高龄者一听到一家托儿所可以容纳一百二十名儿童，便会认为接送时，加上孩子们的母亲，会有共计二百四十人同时经过托儿所门口。

"如果母子二百四十人同时经过的话，那确实会使人不安。但是，早的人7点就来托儿所了，晚的话9点才来，大家来接送孩子的时间都是不一样的。同时，有工作的母亲们都很忙，不会一直聚在托儿所门口闲聊，所以其实并不吵。高龄者并不了解托儿所的这些基本情况，所以一听到要开托儿所，出于担心自然会反对。"

此外，很多高龄者会认为托儿所的孩子们一整天都在外面玩耍，大哭大叫。但实际情况并不是这样的。不管在哪里的托儿所，让孩子们在室外玩耍的时间，上午和下午基本都控制在一到两个小时内，其他时间基本都让孩子们在室内度过。西尾叹气道："高龄者连这样的实情都不是很了解，只是模模糊糊地感觉到'未知之物要来了'，因而产生了畏惧和抵触的情绪。"

除了知识的欠缺，上文提到的三轮副教授还指出，社会的变化也是一个重要的原因："一个社会大背景是，和儿童数量多的时期相比，现在的儿童人口已经减少了将近一半。因而在日常生活里，很少有机会接触和亲近儿童的人大大增加了。就算自己养育过孩子，但孩子们都已成年离家，时间一长，人们渐渐忘记了孩子是什么样的。"

另外，在日本首都圈的郊外，过去开发出了大片房产，配套设施完备，适宜居住。这些房产开发后，基本都被当时新婚或是刚有孩子的年轻夫妇买走了。因此，有不少地方的居民是同一年龄段的。时间一长，这些地方不知不觉就只剩下高龄者居住了。

三轮副教授说："现在的日本，像这样以高龄者为主的居民区在增加，并且长时间在家的高龄者也在增加。在这样的地方，突然听到陌生儿童的声音，感觉到刺耳也是有可能的。"

2015 年 4 月，中野区一家利用部分公园的土地建成的托儿所前，立起了一块反对噪声的告示牌，上面写着："孩子的叫喊声对高龄者来说是噪声。他们为此很苦恼。"

竖起这块牌子的人是一位住在附近的八十多岁的女性。据报道，过去，这位女性还为了上下学的孩子们，在通往学校的路上引导过来往的行人和车辆。但在 2015 年的时间点，她却说："孩子的声音听起来刺耳了。"（《产经新闻》，2015 年 9 月 4 日）

根据日本放送大学的研究，当音量超过一定分贝后，听力下降的高龄者会突然感觉到声音很大。因此，高龄者对孩子们的声音感到不适，也是无可奈何的事。

另一方面，上文提到的艾伊吉斯公司的胁代表则指出，高龄者表达的不满中，也有很多是无理取闹。

"比如在东京都内的城南地区。随着托儿所的开办，我们和当地提出反对的高龄者展开了一次又一次激烈的争论，为了促进托儿所方面和居民们的沟通，我们成立了联络协议会。然而，等托儿所实际运营以后，联络协议会一次也没开过。通过这场反对运动，当地社区的关系变得融洽了，自然也就没有开会的必要了。所以开不开托儿所，对他们来说不过是聊天的谈资罢了。"

听了事情的发展，似乎高龄者就是托儿所开不成的罪魁祸首。那么，我们能否就此得出结论，所有的问题都在高龄者身上呢？

我试着重新探访各地的情况后，真正的原因浮出了水面。

难以无视的"大嗓门"

在一条原计划开办托儿所的街道上，走来了一位看上去三四十岁的女性，我便上前采访她关于托儿所开办中止的想法。

"我这么说，家里有孩子的人可能会不高兴。但是，就算能建得成，这里确实也不适合开托儿所。"听她的语气，似乎认为这里开不成托儿所，对育儿的家庭来说，或许也是好事。"要说为什么的话，这附近没什么年轻人啊。年轻人还是该去年轻人聚集的地方养育孩子，这对年轻人和对上了年纪的人来说，都更好。所以我们也认为托儿所开不成挺好。"

与东京都东部相邻的千叶县市川市，待收容儿童的数量位列全日本第九。市川市发生的一件托儿所开办中止案例，也许可以揭示出为何日本各地开办托儿所都不太顺利的部分原因。

我采访市川市的儿童政策部时，该部门的课长面露苦涩说道："我们作为政府工作人员，也对这件事深感震惊。"

原计划开办托儿所的用地，位于市中心朝北约两公里，是一片安静的住宅区，周围都是独门独户的人家。

2015 年 3 月，那块土地提交了建托儿所的申请。8 月，在市政府放置建设规划的公告牌后，托儿所的运营法人便开始拜访周围居民，当面告知他们托儿所建成的相关事宜。在那个时候，居民们还没什么反对意见，大家还以为事情能顺利办下去。

然而，出人意料的事发生了。在拜访居民六天后，一位七十多岁、表示自己住在附近的男性，前来市政府大声抗议，喋喋不休说着"不能忍受这种托儿所""路太窄了""这里一直以来都是非常安静的街区，我们有安静生活的权利"之类的话。

政府负责部门和运营法人都大为震惊，但首先还是耐心倾听了反对的声音，并重新开始挨家挨户访问附近居民，详细说明了将建成什么样的建筑，托儿所是什么样的设施。在这个时间点，居民们的反对意见依然不是那么强烈。

"不管是政府方面还是运营法人方面，都认为只要花上时间，在托儿所的设施上做出改进，比如装上隔音墙、双层窗等，还有在运营方法上提出些妥协的方案，居民们应该是愿意让步的。"

但就在一个月后的居民说明会上，居民们的态度发生了一百八十度大转弯。他们完全不接受任何妥协的建议，以行政手续的不完备和道路狭窄等为依据，要求彻底取消托儿所的开办计划，甚至联名签署了以"全体居民的意见"为名的反对书。

在那之后，运营法人、政府和居民们之间，就像两条平行的直线，完全无法达成共识。2015 年 12 月，举办了两次居民说明会以及意见交换会，2016 年 2 月又举办了一次，但没有取得任何进展。最终，在提出规划整整一年后的 2016 年 3 月末，托儿所开办计划正式宣布中止。

当然，如果中止托儿所的开办真的是全体居民们发自内心真切的呼声，那也无可奈何。但是，了解反对运动来龙去脉的知情人士表示，最初来市政府抗议的那位男性起到了不可忽视的影响作用。该男性认为，应该向附近居民宣传反对托儿所的想法，于是组织起了联名签署的活动。

知情人士说道："刚开始，附近居民们都没那么反对，一个月后，大家却都站到反对阵营里去了。这样的骤变，和联名签署这种做法有很大的关系。"

对于长期住在同一块地方的居民来说，要拒绝别人直接发出的署名邀请，绝非易事。特别是在对方态度很强硬的情况下，署名的邀请，可以理解为是一种无声的压力，甚至可以说，不想卷入无谓的麻烦和冲突这种普遍的心理，促成了联名签署的反对意见。正是这位"大嗓门"的男性，对居民们观念的巨大转变起到了关键性的作用。

上文提到的知情人士补充道："在这次反对托儿所的骚动中，还有一个让人有些费解的地方。那位男性居住的地方，既不和托儿所用地直接相邻，也不在马路对面。换句话说，虽然确实住在附近，但开不开托儿所，对他并没有直接的影响。"

得知这样的情况后，我认为也必须听一听这位男性的想法，便重返托儿所用地，拜访了他的家。出门迎接我的，是一位皮肤略黑、体态匀称的七十多岁的老人。他不断重申，托儿所的事已经过去了，并总结道，在这里开托儿所根本就是不可能的："托儿所前面的路才三米宽，小轿车也只是勉强能通过。这么窄的路上，每天早晚有两百多个人通过，这怎么行呢？太危险了，想都没法想。"

我询问道："听说是您主导了反对运动？"

"最开始去市政府抗议的确实是我。但后面的事情跟我可没关系。

这附近的居民啊，心里都是反对的。"

接着，他十分热情地向我介绍这里因为是郊外所以十分安静，但又十分便利，坐电车去银座也只要二十分钟，这么好的居住环境可不多见。

我接着问道："那您是不喜欢孩子吗？"

"我很喜欢小孩，时不时还会去周边的小学看看小孩子呢。但是，在这儿不行，这里是居民区，会太吵。我们这儿周边的托儿所，也都是在附近没有住户的地方建的。"

"但是也有很多父母需要托儿所，您知道待收容儿童的问题吗？"

"这我知道。但是，孩子在三岁之前都应该让孩子的母亲照看，大家都这样做的话哪会有什么待收容儿童的问题呢。就像索尼的创始人之一、已故的井深大说的那样，最开始的三年是育儿最重要的时期。就是因为在这个时期把孩子交给了托儿所，孩子才会变奇怪的。为了让女人可以不用工作一心顾家，男人才必须要拼命赚钱嘛。你这个年轻人，有没有卖力到这种程度？"

就算我向他解释了现在雇佣市场的各种情况，他也完全听不进去，执意认为是现在的年轻人太不上进了。然后又绕回到了他固有的观点，并让我去读读石原慎太郎的著作，不然没法聊。说到观点非常强硬的地方时，他说话的音量也随之升高了。

"考虑到那些待收容的孩子，难道真的没有商讨的余地了吗？"

"这附近如果住着家里有孩子的父母，也许是做得过分了……但是，政府采用那样的行政手段，可没法接受。"

在三十多分钟的对话中，我还是陷入了被他说教的窘境，说教的内容甚至与托儿所无关，而都围绕着上班挣钱。但是，这么大的说话声音，确实让我感受到了那股使当地居民改变想法也不足为怪的压力。

世田谷区的东玉川以及玉川田园调布、目黑区、调布市等其他地区的情况也和市川市相似。比如，当地颇有影响力的人在居民说明会上大声反对，两三个关键人物合力鼓动周围的居民。即使一开始反对的人只占少数，但只要有一个人主张十分强烈，局势很快就会像翻转棋一般，多数的居民都站到了反对的一方。在这种压力的传导机制下，想要让一个地区的居民理解托儿所的必要性，是十分艰巨的工作。

那么，该如何应对这种情况呢？

真正必要的措施是什么

在本次采访中，所有政府工作人员都表示，他们试图倾听居民们的意见，促进居民们对托儿所的认识，达成共识。

但是，艾伊吉斯公司的胁代表却认为，现在的政府工作人员太过关注居民们的抱怨了："要是有人大声提意见，他们就会下意识认为非处理这意见不可。但是，存在所谓'沉默的大多数'，大多数市民从感情上，是能够允许开办托儿所的。但是，赞成的人不发声，所以就认为他们不存在了。倾听居民的意见这种谦卑的态度自然很好，但是作为政府负责人，认清什么是真正必要的措施，是极为重要的。"

那么，日本人为什么变得如此不宽容了呢？

细想起来，针对托儿所开办的反对运动，始于日本人口到达顶峰并开始下降的时候开始的。而这样的反对运动，也同时证明了日本儿童数量减少、高龄者人口比例上升这一事实。

另外，反对运动的兴起，也与经济形势、个人权利意识的变化分不开。过去，至少四五十年前，孩子们钻进闲置地或是私有地玩耍都不是什么稀罕事。艾伊吉斯公司的胁代表将这种变化总结为"私域的扩大"：

"以前一说起'公私'的概念，对于'公'的范围，大家的想法大致是一样的。但是不知道从什么时候起，'私'的边界无限扩张，甚至开始侵蚀'公'的领域。而托儿所反对运动，正是这种个人主义无限扩张的结果，不是吗？"

那么，难道就没有解决的办法了吗？为了找到问题的头绪，我最后拜访了八十五岁高龄的梅津政之辅。梅津自三十多年前开始，就一直主持着世田谷区太子堂地区的城市建设协议会。我听很多人提起，梅津很早就遇到过开办托儿所时来自当地的种种阻碍，并顺利地解决了这些问题。

在残存着下町风情的三轩茶屋站下车，走上五分钟便可以看到一片新旧独户建筑与低层公寓十分密集的居民区，梅津的家就伫立在一条勉强能通过一辆车的小巷的尽头。

他表示："到目前为止，已经接受过好几个采访了，但好像一直没讲清楚最关键的地方。"

梅津居住的太子堂二丁目，周围住宅密集。2009 年 6 月，这里空出了一块九百三十平方米的土地，有人提出在这块空地上开设托儿所。但一开始，城市建设协议会已经一致同意，计划将这里改造为公园。太子堂地区住宅十分密集，因此协议会从防灾的考虑出发，选择向区政府提出申请，由政府买下这块土地，并将其建设为公园。

梅津回忆道："之后，区政府却单方面提出了在这里开办托儿所的计划，居民们随即表示了反对，认为这不合情理。"

接着，区政府和居民之间漫长的拉锯战开始了。居民们要求政府基于相关法律，给出建设规划的合理解释，也讨论了利用别的土地开办托儿所的可能性。双方每隔一到两个月进行商议，整理可以做出妥协和改善的地方。居民们对托儿所的设计图提出了一系列修改意见，改进其设备设施，比如采用双层窗户，以及建设紧急情况下使用的避难场所等。最终，在2010年春天，区政府、居民和运营法人三方达成了共识。

这样协议的过程被理解为要建托儿所，与当地居民展开对话并达成共识十分重要。梅津却表示，这样的理解太过表面了："在我们的协议会里，有一个到最后都坚持反对开办托儿所的成员，态度十分强硬。所以问题的关键是怎样面对这些态度强硬的居民。"

协议的成员彼此都认识，如果最终意见不一致，那么居民们之间很可能会留下心结。

"那您是怎么处理这种情况的呢？"

梅津笑了笑，回答道："从公益性这个角度说服他。"

在那个时间点，协议会发现，经过他们持续三十年的活动，太子堂地区的公园面积虽然整体来说并不大，但人均占有面积已经超过了世田谷区的平均值。梅津便以这个数字为根据，询问那位反对的男性："人均占有的公园面积，超过了区的平均水平。我们已经取得这样的成果了，还要不顾孩子们的成长，一味要求建设公园的话，难道能轻易得到社会的理解吗？"

该男子听罢放弃了反对的主张，协议会终于取得了全员共识。在接下来的一年,"太子堂和美(Nagomi)托儿所"正式开始运营。

支撑未来的是孩子

"每个人都有自己的理想,所以每个人更多地考虑自己,也无可厚非。"梅津回顾这段经历时,这样说道。但他也进一步指出,即便如此,也不能任由每个人固执己见:"在少子化日益严峻的今天,孩子在变少,老人却在不断增加。然而孩子不变多,日本就没有未来。我们既已明白日本当前面临的这种社会问题,那么如果要建设城市,就必须得到社会的理解。至少,不能让利己主义凌驾在社会问题之上。"

梅津顿了顿,突然询问我:"对了,要不要实地去看看和美托儿所?"

话说完,梅津便联系了托儿所,带我前去参观。走出梅津家,步行一两分钟便到了。托儿所是一幢钢筋混凝土结构的建筑,十分气派,走在外面几乎听不见里面有什么声音。

穿过安装有电子锁的玄关,虽然时间是周六傍晚,但所内还托管有近二十个孩子。

"你们在干什么呀?"

在二楼,两岁的孩子们饶有兴趣地看着我们这两个突然的闯入者,想要向我们凑过来。一楼的孩子们则稍年长些,正聚在一起静静地听着保育员讲解绘本。梅津高兴地告诉我:"一年一次,这儿的孩子们会到我家的院子里来玩,来看小池子里的青蛙。正因为这样,我被他们叫做'青蛙爷爷'呢。"

我们一边参观托儿所，梅津一边感慨道："托儿所的开办问题，可以说直接关系到我们这个社会的未来。以后我们老年人能够依靠的，正是这些孩子们啊。而我们的工作，就是让他们健康地玩耍，为他们创造安心舒适的环境。为此，同一个区域内的人必须更多地坐下来好好谈谈。"

因为高龄者的反对，开办托儿所变得越来越困难，而也正是一位八十五岁的老人，给我们指点了解决这个难题的关键。

然而，还有一个难解的问题。在这个谁都主张自身权利的时代里，人如何才能变得宽容呢？我看着这些等待家长来接自己回家的孩子，继续思考着这个找不到头绪的问题。

作　者

森健，记者。1968 年出生于东京都。作品《遭遇海啸的孩子们没写在作文里的故事》获大宅壮一非虚构文学奖，《小仓昌南的祈祷和经营——大和运输"宅急便之父"的战斗》获大宅壮一非虚构文学大奖和小学馆非虚构文学大奖。其他著作有《不工作这种生活方式》《大数据社会的希望与不安》《反动一代——夺回日本政治》等。

03

直面儿童虐待问题，儿童咨询所面临的挑战

夹在父母和社会之间的职员们

稻泉连

東京都足立児童相談所

児童相談所は
児童福祉法に基づき、東京都が設置しているもので、18歳
未満の子どもに関する、いろいろな相談に応じています。

相談の内容は
○ 子どもの養育に困っている。
○ 子どものしつけや性格、適性のことで悩んでいる。
○ 子どもの発達のおくれや心身の障害のことで相談したい。
　などです。また、里親になりたい方もご相談ください。

受付時間は
○ 毎日（　　　　を除く）午前9時から午後5時まで

足立儿童咨询所

☀

　　搭乘东京都的日暮里-舍人线，在江北站下车后，沿着车辆川流
不息的马路走上十多分钟，便可以看见一所沿街的学校。拐进学校附
近的一条小路后，四周顿时安静下来，之前的熙熙攘攘仿佛只是错觉。
在这条安静小街的一隅，伫立着一幢红砖墙风格的两层小楼。这便是
我们的目的地，东京都足立儿童咨询所。

　　东京都共有十一家儿童咨询所，其中，足立儿童咨询所管辖着东
部的足立区和葛饰区。据说在这一块区域，有关家庭贫困和中学生不
良行为等问题的求助，以及在多子家庭（三个孩子以上）中发生虐待
行为的情况，相对来说都比较引人注目。

　　一走进咨询所，孩子们的绘画日记立刻吸引了我的注意。它们
被整齐地贴在大厅的墙壁上，每一幅都画着令人难以忘怀的场景：
"今天的圣诞会上最好玩的是所长老师和系长老师演的滑稽戏""蘸
过巧克力喷泉的棉花糖啦、巧克力香蕉啦、巧克力苹果啦，都很好
吃"等。

　　在这个咨询所的二楼，有一个"临时保护所"，接收范围从小学
生到高中生。

　　经所长批示，咨询所可以对遭受虐待的孩子以及家庭无力抚养的
孩子进行"职权保护"。比如，当他们在孩子身上发现殴打导致的伤
痕或淤青，判定其极有可能遭遇虐待时，就会对该儿童实施保护。在

此基础上，所员们将会和孩子的父母进行一系列对话，包括讨论在他们目前的状态下能否带孩子回家，如果不能的话，是否要将孩子送去福利院，或者为孩子寻找养父母等等。在自己的去向被决定之前，孩子们最长可以在这个咨询所里待两个月。

大厅里贴着的绘画日记，正是这些被暂时保护起来的孩子们的作品。他们画的主题都是去年的圣诞庆祝会，会上有各式各样的活动，比如所长和保护系长表演的双簧戏，初中生们演奏的手摇铃，还有小学生们的舞蹈。听孩子们说，那天吃得也很特别，大家还享用了美味的巧克力火锅。

"已经连着三年在圣诞的时候表演那个双簧戏了。"担任咨询所所长的大浦俊哉有些不好意思地说道，"我们俩穿上和服，我吃了放足辣椒的荞麦面，系长吃了涂满辣酱的意大利面。虽然被辣得不行，但把大家逗得可开心了。"

遭到社会的质疑

在日本和东京都内的诸多行政机关中，儿童咨询所是受到批评相对较多的机构。从事这份工作，便意味着一旦发生了儿童被虐待致死的案件，立即就会有人批评儿童咨询所怎么没能早点发现端倪，而如果将儿童临时保护起来，又会有家长责难咨询所"绑架"了自己的孩子。同时，由于临时保护所里规则严苛，很多孩子长大后回想起在保护所里度过的时光，都不会认为那是什么愉快的经历。

儿童咨询所里，在所长之下，有作为调查员受理各类求助的儿童福利专员和对儿童进行心理评估的儿童心理师等人员一起工作。在足立儿童咨询所，共有三十三名儿童福利专员和三十二名社会福利专员、心理师、护理人员以及厨房工作人员，另外还有精神科医师、小儿科医师、律师和退役警察等非正式职员。

　　这样的组织架构偶尔也会被报道，但更受媒体关注的，还是受家暴儿童的惨状以及儿童咨询所面临的问题和挑战。在接受新版《直击东京》约稿的时候，我并不想把儿童咨询所的工作当作"社会问题"来报道，而是打算将他们视作万千东京上班族中的一员，来记述他们的工作日常。我怀着这样的目的开始采访，结识了足立儿童咨询所的所长大浦，发现他正是这个群体中的典型例子。

　　根据他的描述，近年来，经常连着好几天，都有孩子深夜在警察的保护下到咨询所来，这使他分外头疼。

　　在夜深人静的时候，大浦办公用的手机经常能收到位于北新宿、受理夜间虐童报告的东京都儿童咨询中心发来的信息，其中大多数都是这样的内容："你们可以临时保护这个孩子吗？"这种情况几乎已成了家常便饭。

　　从中心负责人那得知的情况是五花八门的：被家里赶出来的孩子自己来了派出所，外地的孩子离家出走到了东京，亲子关系不佳、父亲怕忍不住对孩子动手所以将其拒之门外……

　　"警察方面也去了一趟孩子家，和家长谈了谈，但好像最终也没让警察进到屋里，所以对话也没有深入展开。"在听取中心负责人详细描述完情况后，大浦会在判定合适的情况下，利用所长权限批准临时保护。

孩子们在保护所里度过的一天差不多是这样的：

      6：45 起床、打扫卫生

      7：30 吃早饭

      9：30 晨会、学习

      11：30 吃中饭

      13：30 运动

      16：40 洗澡

      17：45 吃晚饭

      21：00 记日记

      21：30 就寝

由于受到"临时保护"，孩子们从一直生活的社区中脱离出来。没法上学的他们，暂时只能按照这样的日程来生活。

一旦咨询所受理了报告，对孩子实施了保护，常常会不可避免地和家长产生激烈的冲突。和家长的交涉进展越慢，孩子们的处境就越是不明朗。他们不知道自己将面临怎样的去向，每一天都在不安中度过。

"确实，对于孩子们来说，他们是从行动完全自由的地方被送到这个生活有所限制的保护所里来的。所以他们待在这儿会觉得难受，也是人之常情。"大浦说道，"尽管如此，我们还是希望，在孩子们生活在保护所里的这段时间，尽可能给他们多多组织各式各样的活动，想让他们体验到成就感，哪怕只有一次也好。所以不管是对他们进行有关食物的教学，还是举办圣诞庆祝会，都是我们为了实现这些目标而进行的尝试和摸索。"

垃圾堆里的婴儿

1978 年，十八岁的大浦入职东京都政府的事务岗。他一边上法政大学法学部的夜校，一边在支援残障人士就业的福利作业所工作。在之后的职业生涯中，大浦做过儿童养护机构的管理员，又在女性咨询中心积累了工作经验，并相继出任了日野疗护园园长、立川儿童咨询所所长等职务。从 2013 年的 4 月开始，他成为了足立儿童咨询所的所长。

大浦坦言："怎么说呢，觉得自己一直以来总是在看着这个社会不好的地方。"东京的儿童咨询所也是一面镜子，反映出了城市中的儿童在不同时代所面临的问题：从战争一结束应对流浪儿问题开始，到支援残障儿童及其父母，再到 20 世纪 80 年代针对不良少男少女采取措施等。

大浦刚开始在都政府工作的时候，他每天主要的工作是判定十八岁以下的智力障碍（交付"爱心手册"[一]），以及接待就抚养困难、孩子拒绝上学和青少年不良行为等问题前来咨询的家长。

然而，自从 2000 年国家出台《防止虐待儿童法》以来，他们的工作就大大改变了，变成受理附近居民、警察、学校等方面提交的"虐

〔一〕　指交付给符合东京都政府智力障碍判定标准的未成年人的手册。出示此手册可以享受各项制度福利。

童报告",并积极"介入"家庭内部等事务。

现在人们普遍认为,日本社会是在20世纪90年代"发现"儿童虐待这一问题的。根据川崎二三彦所著《儿童虐待》一书,防止虐待儿童协会的成立以及"虐童求助热线"的开设都是在1990年。第二年,东京设立了"防止虐待儿童中心",并开始电话受理相关咨询。正是从这个时期开始,在受理的咨询中,有关"儿童虐待"的案件比例逐年增加。这种变化背后的原因是,整个社会对"虐待"的定义、认知以及重视程度等都发生了改变,使之前看不见的问题浮出水面。

随着《防止虐待儿童法》的修订,这种变化的倾向开始加速。虐童致死事件相继被报道,"疑似虐童"的报告也开始得到鼓励。2000年东京都受理了一千九百四十桩受虐求助,而到了2015年这个数字涨到了一万零六百一十九桩,是之前的五倍以上,并且还在持续增长中。

根据厚生劳动省的要求,儿童咨询所在接到报告后四十八小时内必须确认当事儿童的平安。虽然东京都内的市、区、町、村都有育儿家庭支援中心这样的咨询机构,但现状是,大多数的报告仍由咨询所受理。

2015年度,足立儿童咨询所共接到了一千一百九十七件虐童报告。

"从上一年开始我们就针对虐待问题特别成立了'初期行动班',但是再怎么增加人手也远远赶不上报告增长的速度。以前整个地区都注视着孩子们的成长,所以儿童咨询所就是字面意思上的咨询所,真是怀念那样的时代啊。"大浦这样说道。

在这些报告中,有的是听见邻居家幼儿的哭声,有的是学校方面在孩子身上发现伤痕和淤青，有的是孩子在夜间被遗弃，有的是多子家庭里的孩子遭遇父亲的暴力，有的是孩子目睹父母激烈争吵（当面家暴），有的是家长差点踩上被自己随手放在垃圾堆里的婴儿，有的是孩子睡在满是动物粪便的房间里……还有好几次，他们在接到"听见邻居家有哭声"的报告赶过去以后，发现七八岁的孩子像保姆一样在照看婴儿。

"我们也不是想保护这些孩子就能保护他们的。如果可以的话，还是尽量想让他们在父母身边成长。但是，一旦我们判定这个孩子有生命危险，就必须把孩子从父母身边接走以保证其安全，并和父母进行谈话。"针对临时保护的一线工作，大浦继续说道，"年纪小的孩子真的很可怜。有时候孩子死死抓着母亲不放，我们却不得不把他们分开。幼儿是必须受到保护的，但在这样的家庭里，父母平时就很少在家，所以我们一上门，他们就更不愿意和父母分开了。我明白，他们很不安，要是自己被父母抛弃了该怎么办。"面对此情此景，大浦的内心也不由得会产生动摇——对于这个孩子来说，此刻自己执行临时保护到底是不是正确的选择呢？

大浦至今难忘他初次行使"职权保护"的时刻。

成为立川儿童咨询所所长的那天，他接到医院报告一位三十多岁的女性未定期受诊，临盆时才第一次到医院就诊并直接产下了婴儿，并且不知道父亲是谁。该女性从事夜间服务业，出院后完全没有抚养孩子的能力。他们赶到了医院，在新生儿保育室看到刚被初次哺乳后的婴儿睡得正甜。

"我们没法让您就这样把孩子带回家。"大浦向这位母亲解释了要对孩子进行临时保护的理由后，她又哭又叫，不愿让自己的孩子被带走。

然而使大浦心情更加复杂的是，也有不少人一开始就表示自己"没法养这孩子"，所以同意把孩子过继给别人，并若无其事地说："快把孩子带走吧。"他可以理解对于母亲来说有其不得不这么做的理由，但还是忍不住会想，怎么这么轻易就……

三岁的次子不见了

面对各式各样的情况，现在足立儿童咨询所在受理多子家庭疑似虐童案件时，会格外注意有没有遵从"不能个别确认，而要全员到齐后再确认孩子们的情况"这一原则。这一原则产生的背景是 2014 年被曝光的恶性虐童案件，俗称"兔笼事件"。

以下是 2015 年 4 月该事件中的父母被再次逮捕时，共同通信社发布的报道。

足立区男童下落不明，警方再次逮捕其父母

遗体虽尚未被发现，其父母仍有重大遗弃尸体嫌疑

警视厅搜查一课于 27 日，就两年前东京都足立区某三岁男童疑似遭虐待致死、至今下落不明一案，以监禁致死和遗弃尸体等嫌疑，决定近日将再次逮捕其父嫌疑人 A（31 岁，新闻中直接使用了其原名）和其母（28 岁），嫌疑人 A 现因

故意伤害罪等正在服刑。男孩的尸体至今未被发现。（略）

据搜查相关人员表示，该男孩是他们的次子。警方怀疑这对父母于 2013 年 3 月左右，在足立区的家中，把当时三岁的次子监禁于用来养宠物的笼子里并导致其死亡，随后遗弃了男孩的尸体。监禁男孩的笼子从内侧是无法打开的。

嫌疑人 A 于 2014 年 12 月，因隐瞒次子已死亡的事实骗取生活保护费以及儿童抚恤金，和殴打次女面部致伤等行为已被判刑。

这对父母在儿童咨询所的工作人员登门拜访时，用人体模型伪装成次子还活着的样子。

在该事件被曝光前一年的 2013 年 4 月，大浦成为了足立儿童咨询所的所长，正好是这家三岁的次子死后约一个月。

"发生了那样的事，我们追悔莫及。为什么当时没有注意到次子不在呢？我们应该早点想到让孩子们都排在一起后再确认他们的情况的。"

2013 年 2 月，足立儿童咨询所最后一次确认了 A 家全部五个孩子的状况。A 家从东京都外搬到了足立区，一直以来都有虐待和不照顾孩子的嫌疑。为此，咨询所已多次联系这对父母以及登门拜访，同时福利事务所等相关机构也对该家庭进行了干预。

事件被曝光的契机发生在 2014 年 5 月。长女所在的小学发来报告，怀疑"女孩的一个弟弟好像不见了"。

那位报告的老师表示，在询问长女家里人全员的姓名时，她唯独漏掉了次子的名字。老师觉得有点不对劲，继续问道："家里还有一个人吧？"但女孩依旧坚持没有这么个人，不愿意提及弟弟的名字。老师立即察觉事有蹊跷："难道是那个弟弟发生了什么事，所以女孩被父母警告不许提及弟弟的名字吗？"

接到报告的儿童福利专员们立即上门进行调查，但这对父母以孩子母亲身体不好为理由，不许他们开灯，也不许他们拉开窗帘。福利专员们只得在昏暗的房间里确认孩子们的情况。（此时，孩子们都躺在被窝里，他们只得按"露出来的头的个数确认有几个孩子"。而逮捕这对父母后，经调查发现，原来当时其中一个孩子是人体模型假扮的。为此，也有人对足立儿童咨询所的做法提出了批评。）

之后，大浦也再次批准了对 A 家的上门调查。但是，就在安排何日进行再次调查时，咨询所接到了来自附近居民的报告："A 说咨询所要去他家，所以让我把我的孩子借给他。"于是，在法院的许可下，他们立即执行了强制入门的"临时搜查"。

然而，包括前来协助的警察以及福利事务所的工作人员在内，约二十多人的团队抵达 A 家的公寓时，那里早已人去楼空。杂乱的房间里，只剩下一只宠物鸟还被关在笼子里。

电视及空调等电器早就被搬出了公寓，可见为了摆脱儿童咨询所的视线，这家人早就搬到别处去了。

这对父母被再次逮捕后，他们用来监禁男孩的笼子也在荒川的河岸边被找到了。大浦回忆道，当自己看到这笼子时，一下子呆住了，久久说不出话，"居然是那么小的笼子"。

过去也听说过把孩子装进箱子或是尼龙袋的事例，但是，还是第一次看见有父母把孩子关进养宠物用的笼子。即使对于早已目睹过很多虐待惨状的咨询所工作人员来说，这样的事态依旧触目惊心。

"笼子非常小，小孩子也得蜷缩着身体才能钻进去。一不当心还有可能窒息而死……"

次子的尸体至今仍未被发现。

即使现在这对父母已被再次逮捕并判刑，但对于儿童咨询所来说，这件案子还远未告结。

因为，即使将剩下四个孩子保护起来，找到可以收容他们的地方，比如儿童抚养机构等，但直到最小的孩子长到十八岁（《儿童福利法》规定的年龄）为止，儿童咨询所都必须继续留意着这个家庭。他们也不得不持续地接受社会的拷问：为什么有一个孩子丧了命？

负责此案的儿童福利专员旁听了对这对父母的审理，记录下他们俩做出了什么样的表情，说了什么样的话。在这对父母刑满出狱后，这些记录将成为重要的参考资料，用以判断能让他们多大程度再次接近被保护起来的孩子们。

"即使不让孩子们回到父母身边，在他们成年的那一刻，我们也有责任原原本本地告诉他们到底发生了什么。因此对我们来说，这件案子还远远未被解决。"

来到位于东京都郊区的八王子市

东京都内的十一家儿童咨询所，根据各自管辖地区的不同，应对的问题也是五花八门。

在管辖着港区、中央区和新宿区等东京都中心地区的"儿童咨询中心"，像少年少女的离家出走，以及超高层公寓密集地区由升学压力带来的家庭矛盾等问题也并不鲜见，这与大浦担任所长的足立儿童咨询所形成了鲜明对比。而东京都西侧的咨询所面临的问题也是大不相同，比如山梨县以及神奈川县等相邻县的家庭迁入，他们在迁入之前，曾被原在地区的儿童咨询所视为有问题的家庭。

在采访过足立儿童咨询所后，我又来到了位于东京都郊外西侧的八王子儿童咨询所，它管辖着八王子市和日野市等地区。

在日本铁路（JR）中央本线的西八王子站下车，顶着寒风往郊区的方向步行约二十分钟，便可以在左手边看见广阔的富士森公园，园内还配备有运动场。右手边则是一个略有些高度的小山丘，爬上丘顶，便到了八王子市的教育中心。站在这里，多摩丘陵的住宅区尽收眼底。教育中心旁边有一幢小小的建筑物，这便是八王子儿童咨询所。

我去拜访的那天，咨询所内比往常热闹。患有先天缺陷的孩子和他们的母亲不断出入咨询室，前台的接待员们正哄着马上要回家的幼儿。孩子们的笑声回荡在大厅内，缓和了咨询所向来颇有些肃杀的气氛。

担任所长的辰田雄一亲切地和我说："今天是判定能不能交付'爱心手册'的日子。另外，也是可以和被临时保护起来的孩子见面的日子，所以来的人很多。近年来，我们大多数时间都在外面跑，所以今天可以算是特别的日子吧。"

1988 年，辰田入职东京都政府的福利岗，正好比入职事务岗的大浦年轻一轮。

辰田在大学的时候就读福利学专业，毕业后在位于千叶县馆山市的儿童福利院东京都那古学园等处工作后，2004 年成为儿童福利专员。他一开始从属于立川儿童咨询所，后来又出任江东儿童咨询所所长，现在是八王子儿童咨询所的所长。

他表示："这里和东京都其他地区相比，独门独户的住宅较多，这可以算是多摩地区的一个特点。在不少地方，居民之间的联系依旧紧密。在这样一个相对传统的关系社会中，如何向那些在别的县已经被当地儿童咨询所'介入'过的家庭继续提供行政上的帮助，是我们一直关注的课题。"

八王子儿童咨询所的儿童福利专员们，也同样每日都疲于受理虐待儿童案件的报告。近年来，报告量只增不减，据说他们每天光是应付不断发来的新报告，就已经筋疲力尽了。除此之外，还要寻找可以收容被保护儿童的机构或是养父母，登门拜访孩子们的父母，进行育儿的指导。

而像辰田这样的所长格外操心的问题是，如何才能培育好新入职的年轻儿童福利专员们。他说道：

"年轻的福利专员们接到儿童虐待的报告，上门确认情况的时候，往往会遭到孩子父母的质问'你自己有小孩吗？你都没有小孩怎么可能理解做父母的心情'，这让年轻人大为头疼。"

此外，辰田还表示，如果某一天哪里的虐童案件被媒体报道了，那么第二天职员们外出访问家庭的时候，甚至会被人说"哟，儿童咨询所那群杀人犯来了"，儿童福利专员们承受的压力之大可见一斑。

到辰田这一代人为止，入职福利岗的职员大多是在各式各样的儿童机构中积累了工作经验后，才慢慢成为儿童福利专员的。但近年来，随着儿童咨询所的业务激增，刚毕业一进都政府就被分配到儿童福利工作一线的年轻人大大增加了。

辰田说道："社会经验不足的他们，常常会被人说'你们都没养过孩子，凭什么来说我''别让我再看见你'之类的话。有时被强势的父亲一威胁，'我之前在路上见过你'，就会有年轻人马上打退堂鼓。但我们的工作就是这样的，就算访问有问题的家庭不顺利，在角落里偷偷抹眼泪，哭完以后还得继续去拜访同一个家庭。只有克服了这样的困难，才能算是一个合格的儿童福利专员。但确实，在这样的过程中，因为太过辛苦而选择放弃的职员也是有的。"

虽然不是一代人，但过去也有不少儿童福利专员，同样经历了各式各样的困难，最终把这份工作坚持了下来，辰田便是其中的一员。

现在新入职的儿童福利专员会和前辈组队，进行为期一年的实务研修。但在辰田还是新人的时候，"前辈们都一心扑在各自负责的案子上，并各有各的做事风格"，所以实务研修之类的安排几乎形同虚设。

据说那时候，每个儿童福利专员都有自己固定负责的区域，有很多在工作上直言不讳的人，会说"那家的事情我最清楚"，"有什么必要非得安排一个所长，一线的事一点儿也不了解"之类的话。由于各自负责不同的区域，职员们之间工作能力的差距自然也显现出来，这可能会带来一些问题。但在这样的过程中，也可以看见当时新人们不断碰壁、不断试错的成长。

辰田还记得自己第一次实施临时保护时的情形。当时一家医院发来报告，称有个孩子似乎出现了摇晃婴儿综合征（SBS）的症状，辰田随后向孩子的母亲宣布将行使儿童咨询所的权限，对这个孩子进行临时保护。辰田回忆道，当时发现自己紧张得声音都变尖了。他感慨道："虽说是组织在行使巨大的权限，但实际上真正付诸行动的是自己。一天天都在拼命想着怎么做才正确，不断地在各种矛盾中挣扎着。"

最终，辰田对那个孩子实施两年的保护后，成功地让孩子回到了父母身边。一开始，他不断地和抱有敌对情绪的父母谈话，和他们一起分析为什么会发生这样的事，"指导"（儿童福利专员们经常使用这个词）他们在育儿时必要的思维方式和技能。在此之上，他还反复安排父母和孩子在儿童抚养机构里见面，安排他们一起外出和住宿，也安排孩子进入普通的托儿所。辰田一边忙活着这些事，一边思考着时机是否成熟。

渐渐地，终于迎来了"那一天"。辰田和最初抵抗情绪很强烈的孩子母亲也逐步建立起了较为良好的关系。他回忆道："我不知道那个孩子的父母打心底是怎么看我的。也许只不过是认为，如果不听我的话，我就不会放孩子回家。"

儿童福利专员们面临的挑战

但是，像这样花时间和孩子的父母建立起较为友好的关系，最终让孩子回到父母身边的例子，其实并不多。大多数情况下儿童福利专员们的干涉并不顺利，甚至和孩子父母的对立关系越来越严重，工作无法取得任何进展，最终常常只能交由家庭法院来裁决。

附近的居民、警察、学校以及医院发来"虐童报告"后，儿童福利专员会首先向老师、医生以及托儿所的所长等询问情况，然后进行事前调查，如翻阅疑似受虐儿童的体检报告及咨询记录等。接着，在大多数情况下，会直接和孩子见面，检查他们身上有没有伤痕和淤青。

在此基础上，做出是否需要临时保护的判断，如果不需要的话，儿童福利专员还会接着向孩子的父母问话。

下面是辰田在别的儿童咨询所担任儿童福利专员时发生的事。

当时，辰田接到一家小学发来疑似虐童的报告，于是前去确认情况。在班主任的陪同下，他发现孩子身上明显有遭殴打后留下的淤青。

但是，孩子本人却极力维护父母："是我不好，爸爸才打我的。"

这些疑似受虐的孩子在接受儿童福利专员询问时的反应各不相同。有的孩子会含糊其辞，不敢说"母亲喜欢的新爸爸"的坏话；有的孩子会哭诉和求助，但又担心要是自己不在的话被打的就是弟弟妹妹……也就是在这种时候，辰田心中的使命感油然而生，感到自己在做着拯救孩子的工作。

面对这样的孩子们，辰田会循循善诱，促使他们同意接受临时保护。

"但是责备也是有限度的，像这样都打出伤疤了，就是爸爸做的不对。"

"可不能这么想。你和你的弟弟妹妹，都必须保护。让妈妈他们一直这样对你们是不对的……"

有时他们会接到这样的报告："隔壁家的孩子，晚上好像总吃便利店卖的便当，父母是不是没好好给孩子做饭？"而儿童福利专员们白天要拜访不同的家庭以及学校等相关机构，晚上则忙于处理各类书面报告。他们当中不少人自己作为父母，都"没时间和自己的孩子好好说话"。

相较于业务量和"虐待报告"数量的不断增加，招募新人和人才培养的进度则显得落后了。在这样的现状下，像辰田这样的年轻所长的处境十分艰难，他们不得不直面成堆的问题，诸如如何促进地区内的合作，如何更好地实施临时保护，如何改善保护所的环境等。

我向他问道："作为儿童福利专员，什么时候最能感受到这份工作的价值呢？"

辰田沉默了一会儿，然后像是在询问他自己般自言自语道："……你是想问有没有一瞬间，我感受到这份工作就是我的天职吗？"接着，他向我讲述了一段往事。

辰田刚入职东京都政府福利岗时，在儿童抚养机构东京都那古学园工作。2017年2月，辰田和当时的同事一起拜访了那古学园的旧址。

该学园位于千叶县馆山市，当时东京都出台了精减都外机构的方针，学园因此关闭。曾经有六十四名二到十八岁的孩子住在这个机构里。学园就建在海边，关闭后，屋后很快就荒废成了一片滩地。

在这块空荡荡的土地上，2月里海边的寒风吹起来的沙子，如尘土般飞扬。辰田陷入了沉思："那些孩子现在人在哪里，在做着什么呢？"

那是整整三年和他同吃同住的孩子们。夏天会一起在海滩上玩耍，町内举办祭典的时候会一起参加。也有好几次，他带着偷了东西的孩子一起向店家赔礼道歉。

那些孩子中，有人被父母殴打，有人因为贫困被机构收养，有人不得不和兄弟姐妹分离……孩子的父母中，有人频繁来此探望他们，也有人组成新家庭后完全不踏进机构一步。

但就在这种不得不遵守各项死板规定的集体生活中，孩子们不抱怨处境的艰辛和悲苦，而是积极投入到团体活动、定期的考试以及求职中。这段和孩子们共同生活的日子，正是辰田日后立志成为儿童福利专员的出发点。

"做这份工作，只要在判断和信息收集上出了一点差错，就可能会让孩子面临生死攸关的险境。正因为这样，我们总在拼命想办法，但又不敢轻易做判断，也常常会问自己，还能坚持做多久。但是，这份工作绝对有做下去的意义，如果有人问我还想干下去吗，那我的答案是：想。"他顿了顿，继续说道，"因为，这份工作必须得有人来做。"

今天也发生在东京的某个角落

本次的采访中曾多次提到的足立儿童咨询所旁边，是阿弥陀桥公园。我曾在那里的长椅上坐过一会儿。

放眼望去，公园的背阴处还残存着前一天留下的积雪。接近下午1点半时，一个头发花白的男性出现在了公园的广场内，应该是临时保护所的职员吧。冬日里的阳光有些刺眼，他微微眯起了眼睛，接着从手里拎着的提篮中取出小型的红色障碍物，在广场内搭出了一条小环路。不久后，从保护所里，陆续走来了约二十个穿着蓝色运动服的男孩。他们做完准备运动后，开始在那条临时环路上跑步。

从这些男孩的体形上来看，他们年龄各异，小的似乎小学三年级左右，大的像是高中生了。在一旁看着他们跑步的那位职员，一次又一次地为他们鼓劲加油。

我走上前采访这位职员，他明白我的来意后，一边继续时不时地向孩子们喊加油，一边神色严峻地向我说道："一般来说，临时保护的期限在一到两个月内，但最近，待得更久的孩子变多了。这些孩子里也有人待了快三个月了。找到合适的养父母不容易，但也绝不能让他们回到虐待子女的父母身边，儿童抚养机构又总是难有名额……加油啊，加油！"

孩子们在这个被当作操场的公园里跑完步后，接着开始跳绳。他们有的在小声地聊天，嬉笑，还有孩子向总是望着他们的职员做鬼脸，又得意地比出胜利的手势。

这位职员感叹道："这些孩子被送到临时保护所来，有的是因为父母，有的是因为孩子自己，还有其他各式各样的原因。但如果只是像现在这样看着他们，根本感觉不到他们有什么不同……"

公园内几只鸽子扑腾着起飞，远处则传来拍打被子的声响。这是一个平静得让人有些犯懒的下午。

今天，在东京的某个角落，也在上演着这样寻常的一幕。

作　者

稻泉连，非虚构写作者。1979 年出生于东京都。作品《虽然我也在战时出征——竹内浩三的诗与死》曾获大宅壮一非虚构文学奖。其他著作有《暴雨灾害记录——那时人们在看什么》《丰田章男喜欢的试驾员》《"做书"这个工作》等。

04

女生不愿上东京大学的原因

外地女性考生数量极低

松本博文

东京大学的赤门，位于本乡校区

☀

　　2017 年 4 月 12 日，东京。在有些年份里，这时候樱花已经凋落了，但这一年，依旧开得正盛。在九段下站下车，便可以远远地看见作为赏樱胜地的皇居护城河。沿着坡道向上走，右手边是靖国神社，左手边则可以看见日本武道馆，一年一度的东京大学开学典礼，即将在这里召开。

　　新生们正在武道馆前等待开场，他们大多穿着款式保守而色调朴素的西服。在人群中，有一个穿着淡粉色风衣的女生，颇引人注目。

　　时间回溯到七十一年前。在战后不久的 1946 年，东京帝国大学（不久后改名为东京大学）宣布将首次招收女学生。当时的报纸《帝国大学新闻》（1946 年 5 月 11 日）将参加入学仪式的她们称为"衣着鲜艳华丽但脸蛋不怎么漂亮的女学生"。那一年，仅有十九名女性入学，在八百九十八名新生中，占百分之二点一。

　　在那之后，东京大学里多了多少女生呢？在 2017 年 2 月举办的入学考试中，合格者共有三千零八十三名，其中女生有六百零九人，约占百分之二十。根据学校在 2016 年公布的数据，在全体在校学生中，女生的人数也占到了约百分之十九。看起来，似乎女生的数量已经增加了不少。但是，以哈佛大学为例，女生占全体学生的百分之四十八，在牛津也占到百分之四十六。正如东大男女共同参与室的分析结果，站在全球的视角来看，很明显即使到了现在，"和国外的知名大学相比，东大的女生比例还是非常低"。

为什么现在东大女生的比例依旧很低呢？而在校的东大女生们，在思考着什么，又过着怎样的生活呢？

外地学生的疏离感

"进入东大以后，发现学校里都是在东京长大的人，挺吃惊的。本来还以为会有更多全国各地的学生……早知道这样的话，就不报东大了，离家更近的京都大学可能是更好的选择。"告诉我们这番话的是来自冈山县的 Y 同学（文科一类[一]二年级），"这些话，有时候会和同样是从外地来的同学聊。虽说在东京已经住习惯了，但如果要一直留在这里工作的话，那种生活实在是难以想象。将来我还是想回到天空更广阔的地方（笑）。"

成长于东京市区的学生，不管男女，如果成绩优秀的话，都会早早就开始上各种补习班，因而可以认识很多同龄人，自然就会形成人际网络。考上东大以后，这种人脉在备考等方面也常常会大派用场。这往往会使外地来的学生产生疏离感。

笔者以及编辑通过各种途径，终于采访到了东大的女生。她们中的大多数也是通过东京以及关东地区的知名中学考上东大的。可以

....

[一]　东京大学共有六个报考门类：文科一、二、三类，理科一、二、三类。在本科的前两年，学生统一学习由教养学部提供的前期课程，并在大二下学期进行专业选择。

说，正是这些成长于东京的女生，在引领着当代东大女生的风尚吧。

A 同学（理科二类二年级）来自樱荫学园，该学园为东京知名私立女校，初高中一体。她这样说道：

"在樱荫，有六成的学生会念理科，其中很多人会报考东大或者其他名校的医学部。当时我也是相似的情况，虽然对于将来并没有十分具体的目标，但是因为不想当医生，所以很自然地打算考东大。大家毕业以后，基本上会从事医生或是律师之类的职业，全身心投入工作。有传言说一旦从樱荫考上东大，'结婚的很少，离婚的很多'。但在我的观察里，学姐们大多在大学的时候恋爱，之后顺利结婚，总之家庭生活也是很充实的。"

樱荫学园在 2017 年度，包括复读生在内，共有六十三人考上东京大学，2016 年度是五十九人。虽然是女校，但考上东大的人数常年跻身全国中学前十。据统计，每年度约四人中就有一人能考上东大。2015 年度，仅在樱荫，就有九人考上了选拔最严格的、仅招收一百人的东大理科三类（大多数人在大学第三年会进入医学部），这在当时一度成为了热议的话题。

"走在东大的校园里，经常能碰到中学同学。有不少人进了大学以后，比以前爱打扮了，这也是人之常情吧（笑）。"（O 同学，文科二类二年级）

作家、心理咨询师五百田达成（43 岁）毕业于东大，因为爱打网球，现在几乎每个礼拜依旧能接触到在校大学生，他这样评价道：

"毕业于樱荫学园的女生，大多比较严肃认真。而和樱荫一样作为三大女校之一的女子学院（JG），东大录取率也很高，而且培育出了能够代表东大女生灵活自主一面的学生。女子学院的氛围比较自由，对学生的教育也主张追求独立，以将来能够不依赖组织，自己创业交税为目标。最近涩谷教育学园幕张分校的东大录取率增长得很快，那里的校风更加自由，校训是'独立调查，独立思考'。毕业旅行的时候，也没有统一的接送，学生们直接在目的地集合和解散。"

根据东京大学定期进行的"学生实际生活情况调查"（2014），在校学生中，约百分之二十七的男生家在东京都内，女生约为百分之三十四。如果把范围扩大到关东地区的话，男女都超过了百分之六十。

"东京大学渐渐变成了只有关东本地人才会上的大学，并且女生数量很少。首先，考生的生源地和性别分布就太不均衡了。"东大教养学部的濑地山角教授指出了问题所在，"我们尤其希望增加来自东京都外、不被父母允许复读的女性考生，特别是那些来自公立学校的女生。像这样的女高中生中，现在仍有人即使想要报考东大也得不到父母的支持，为此痛苦不已。这可以说是结构性的性别歧视。"

笔者自身的经验与濑地山教授的分析几乎一致。笔者成长于山口县，在当地的公立高中复读一年后才考上了东大。在高中的时候，女生都很优秀。每次考试的时候，总是女生的平均分更高。但是，最终考上东京大学或是京都大学的，还是男生居多。女生绝对不会复读，成绩好的一般会报考当地大学的医学部等。男生则会更强烈地想要报考名校，就算复读也想拼一把。不过在当时，我并没有觉得这些现象有多么不可思议。

二十四年前入学仪式的那一天，我和同样是外地来的舍友为了迎接新生活，一直待在学校的驹场宿舍区内忙着给房间的墙壁涂漆，根本没去武道馆出席仪式。说起来，当时的宿舍区现在早已被废除了。当时出席了入学仪式的朋友向我们苦笑道，根本听不懂教养学部主任莲实重彦（后成为东京大学校长）的发言。正式入学后，越来越多的男生不再好好学习了，都不怎么去上课。与之成为鲜明对比的是，女生们依旧认真学习，成绩优秀。那个时代出了很多风云人物，比如曾组建了乐队 Flipper's Guitar、在乐队解散后推出个人作品的音乐家小泽健二（1993 年毕业于文学部），他一度成为东大毕业生的标志性人物。又比如毕业于东大法学部，从外交官变身皇太子妃的小和田雅子，她代表了当时熠熠闪光的卓越女性。

因为离家近所以报考东大

当时，有几个朋友来驹场宿舍区玩，我们聊起为什么报考东大，其中一个女生几乎脱口而出："因为离家近。"我大为震惊，作为一个外地学生，不得不在心里感慨，难道就只是为了这样的原因吗？

顺便提一下，在本文中使用的"外地"一词，意指"东京市区及其近郊以外的地区"。通过本次的采访，我发现这一用法与东大学生的普遍认识是一致的，因此出于简明性而使用"外地"这一词。

F 同学（经济学部四年级）来自静冈具一个很普通的家庭，初中毕业后进入了公立高中，她当时并没有特别想考东大："我当时想过考神户大学，学校看上去很洋气。父母也觉得没必要非考东大不可。"

高一的时候，在老师的推荐下，F 才第一次产生了报考东大的想法。那一年，她所在的高中里，有六个人考上了东大。F 的大学生活过得并不宽裕。父母每个月寄给自己的八万三千日元，都用来支付房租、电费和燃料费了。剩下的生活开支则靠每个月五万日元的奖学金和打工挣来的钱维持。

来自香川县的 M 同学（文科三类二年级）自小就成绩优异，她至今依旧记得，曾有一个亲戚对她这样说："如果你是男孩子就好了。"换句话说：女孩子上什么大学？在当今的日本社会，尤其在大城市以外的地区，女性仍然承受着这样有形或是无形的压力。M 决定要报考东大的理由是，"如果来了东京，就能感觉到自己可以和外面的世界产生联系"。她计划进入文学部后，将来去国外留学。而她那些打算念理科的高中女同学中，则有不少人报考和东大理科一类分数相近的香川大学或是冈山大学的医学部。

针对这样的现象，M 说道："比起男生，女生还是尽量想去离家近的大学。要是去远的地方，父母也是会担心的。"

对于外地的女性考生们面临的这些种种顾虑，东大方面也采取了一些措施。比如，派遣外地女生访问母校，听取后辈们的真实想法。这样的项目获得了不少好评。但是，仅靠这样的措施，并没能显著增加外地的女性考生。在不断的摸索中，东大在 2016 年提出了"三万日元租房补贴"这一计划。该计划具体是指，以学校的名义租借公寓，提供约一百套女生也可以安心居住的空房，并发放租房补贴，金额为每个月三万日元，申领时间最长可达两年（合计七十二万日元）。这项计划仅针对要花一个半小时以上才能到学校的女生，希望为那些对报考东大敬而远之的女生提供一个机会。该计划发表后，不止考生，还有很多学生家长前来询问，有超过三百人向学校提交了申请。

该计划被媒体大量报道后，各界反应不一。有人表示支持，认为这是恰当的平权措施（对弱势群体现状的改善），也有表示反对，认为"这是对其他考生的逆向歧视"。而在校女生也对该计划抱有不同的看法。

"因为家就在东京，所以对这件事没什么实感。但我不认为靠这样的措施女生数量就会增加。"（来自东京都，理科二类二年级学生）

"对于外地的考生来说，就算在针对东大的模拟考试中同样被判定为 C 档（即东大录取概率为百分之四十到百分之六十），男女的反应也可能大不相同。男生就算要复读也会选择报考东大，但女生就可能退而选择报考那些录取可能性更高的当地国立大学。经济方面的问题，很可能会成为她们报考东大的障碍，所以我很认可学校的这个举措。"（来自香川县，理科一类一年级学生）

不管怎么说，对于不用租房的本地学生来说，这样的计划好像没什么特别的，而在来自外地的学生群体中，很多人对此表示认可，并称自己也考虑过申请。

女人何必要念书

"一个人的学习能力，是和其所在家庭的收入成正比的。此外，对于来自外地的考生来说，东大的门槛依旧很高。在很多地方，人们仍然抱有老旧的价值观，认为女人何必要念书。"

告诉我们这番话的，是东京大学女性校友组织皐月会的干事大里真理子。皐月会于 1961 年成立，是一个至今依然很活跃的组织。除了定期发行会刊之外，她们还经常组织毕业生交流活动，并单独成立了"皐月会奖学金"资助来自外地的女生。2011 年，在"皐月会"迎来第五十个年头的时候，还做了一次针对毕业生的大规模问卷调查。大里自己也来自外地，长期以来一直关注着女生们的动向，她的话想必可以反映事实。

确实，根据东大针对在校生家庭收入情况的调查，年收入为一千万日元左右的家庭是最多的。出生于东京及其近郊的中产偏上及富裕家庭，从私立中学考进东大，父亲是东京都内知名大学的毕业生，母亲是全职主妇——这便是最典型的东大生了。

2016 年毕业于东大文学部的樱雪同学亲身体验到了与外地学生的差异，她向我们说道："我知道有人为了备考，每天早上 4 点就起床，从外地坐新干线来东京上专攻东大的补习班，非常拼命。"

樱雪在东京学艺大学附属高中就读的时候，一直更新着名为"立志考上东大的女子偶像团体成员"的博客，在当时颇具关注度。虽然第一次没有考上，但因为周围有不少选择复读的同学，樱雪自己也选择了复读（这可以说是知名重点高中的特征），最终考上了东大的文科三类。她现在是地下偶像团体"假面女子"的一员。

"很多高中同学也上了东大，所以进入大学后，意外地发现自己生活的世界挺狭窄的（笑）。不过平时考试的时候，可以从第一年就考上东大的同学那里打听到很多经验，真是帮了大忙。学校里好像不怎么有外地的女生呢……看到三万日元补助的新闻时，我觉得挺好的，因为只有外地的女生变多了，学校里才会有多样性嘛。"

似乎没有人会比东大的女生更容易被人议论长相。

在驹场校区的生活协同合作社的书店内，在收银台前最醒目的货架上，摆放着名为《东大美女图鉴》的彩色写真集。最新一期为2016 年 11 月发行的第六卷，共刊登了三十名"东大美女"。单价为一千五百日元，绝对算不上便宜，但听说卖得非常好。

在 1989 年发行的《毕业于东大的女性》（皋月会编著）一书中，前辈们这样写道：

"人们谈起东大女生的时候，必定会对她们的容貌评头论足，当然这也不是什么新鲜事了，并且最后一定会得出'才貌难以双全'的结论。"

"要说为什么某某女子大学总出美女，是因为女校里所有人都是女生嘛。不管是女子大学还是东大，出美女的概率都是一样的。"

在东大，还有"银杏道传说"这种说法。这一都市传说指的是入学东大的女生如果在第一年的秋冬之际，校内银杏道的树叶全部凋落之前，都没有找到男朋友的话，那在校的这几年都不可能找到对象了。并且，如果在校期间没找到对象，毕业之后则更难以遇到合适的人选，即使碰到了，对方也会敬而远之，结婚则更是遥不可及——这也是从很久以前就流传下来的都市传说。

小泽健二唱过一首名为《银杏道小夜曲》的歌，这首歌很好地传达了上世纪八九十年代时驹场校区的校园氛围。现在的女大学生已经不怎么知道小泽健二了，但几乎全员都苦笑说："嗯，我知道'银杏道传说'。"甚至还有女生略有些不安似的询问我："听学姐说，我们一旦毕业，就没什么机会结识异性，也不怎么受异性欢迎。这是真的吗？"

根据皋月会 2011 年进行的调查，包括年轻群体在内，东大女性毕业生中，约百分之七十二已婚。这应该可以打破一直以来的刻板印象，缓解在校女生们的不安。得知这样的数据后，她们脸上顿时有了光彩："哇，太好了。"虽然调查结果打破了都市传说，但百分之五十三的已婚女性在校内与配偶相识，而相识的平均年龄为二十三岁。由这些数字可以推断，在校期间或是毕业前后结识男友，并与之结婚仍是东大女生的主流模式。

数据显示，与其说东大的女生结不了婚，不如说，她们更有可能和毕业于东大的男性结婚，而他们常常被世人视作"优质男"。

女生中也有这样的声音："正因为女生的数量很少，才更被重视，恋爱的时候也更占优势。周围的男生都很优秀，所以我并不希望学校里有更多的女生（笑）。"（K同学，经济学部四年级学生）

顺便提一下，接受本次采访的女生大多有男朋友，对方也都是在校内认识的东大男生。

但女生们对外会避免谈及自己来自东大，这一点至今没有改变。她们表示"很难对别人说，自己来自东大"。即在被别人问及就读什么大学时，她们会犹豫。比如，如果在自己打工的地方表明自己来自东大的话，会发生什么样的事呢？

"在我打工的咖啡店里，曾被人说'既然你是东大的，那很快就能记下来吧'，这让我觉得压力很大。"

"别人会对我有过度的期待，说'东大的学生都这么说的话，那肯定没问题'之类的话。"

又比如，联谊的时候，如果说出自己东大的身份，很可能会冷场。

"庆应的男生说他当时没考上东大的文科二类。"

"不过说到底，没什么人会邀请我们去联谊（笑）。"

"东大的男生和东大的女生成为情侣，是很常见的事。但几乎没听说过东大的女生和别的学校的男生在一起。"

所以当别人问起时，一旦表明自己来自东大，事情就会变得很麻烦。有过这样的经历后，她们摸索出了一套标准答案，比如驹场校区教养学部的女生就会回答"是涩谷那边的学校","在井之头线沿线上"等等。如果对方误以为自己读青山学院或是明治大学的话，也不会特地否定。甚至还有人想出了这样的技巧：被要求出示身份证明时，不用学生证，而是拿出驾驶证。

当被问起能不能举一个例子，说说自己对周围的东大女生有何印象时，她们说道：

"不容易受外界影响的女生比较多，衣着简单朴素，待一起很自在。别的大学的女生给人的感觉是花了很多心思在'照片墙'（Instagram）上传光鲜亮丽的照片，向别人展示自己的生活丰富多彩，似乎社交网络耗费了她们大量的精力。东大的女生话……比如，大家一起去伊豆旅行，拍了合照或是风景照，应该会懒得修照片直接上传（笑）。"

东大的女生很少，所以"理科女"更愿意报考理科二类，即将来升入理学、农学和药学部的可能性比较大。大多数女生选择理科二类的原因是，"因为比理科一类的女生多"（S同学，理科二类二年级学生）。

N同学从理科一类升入工学部，并将在研究生院继续深造。她表示："本科的时候，班上一共六十个人，有三个女生。现在研究生院的研究室里，就我一个女生。高中念的是女校，所以到现在都不太习惯和男生接触。因为有感兴趣的研究方向，所以选择了工学部，但有时候还是会羡慕那些女生更多的专业。"

进入东大后，必须学习一门第二外语。在可以选择的七种语言中，最受学生欢迎的是西班牙语，其次是法语、汉语、德语、俄语、意大利语和韩语。而"文科三类的法语班"已经成为了"女生多"的代名词，有时候甚至一个班上近一半都是女生。最近学中文的女生也很多。举例的话，文科三类的意大利语班上，共二十九人中有十二个女生，而理科二类的西班牙语班上，三十四人中有十个女生。但在理科一类的德语班上，则常有"悲剧"发生——几十个男生中，只有零星一两个女生。

在东大，有一份面向女性读者的免费杂志，名为《biscUiT》（饼干，UiT 是东京大学［University of Tokyo］的缩写）。每年在春秋两季各出版一次，约印刷三千份，主要在校内发放。创立之初，是为了帮助东大女生间建立人际网络，主要采访校园内的"普通女生"，编辑成稿。现在稍稍扩大了取材范围，每一期都会推出有关不同主题的特辑。这个负责编写《biscUiT》的社团由二十名左右东大女生组成，确实让人感觉如沐春风。

在《biscUiT》的第十一期（2016 年 4 月发行）中，有一篇名为"IKATOU 入门"的报道。"IKATOU"是"一看就是东大生"〔二〕的简称，这个表达近年来在学生中很流行。当形容一个人"一看就是东大生"时，一般是指对方身上有某些东大生共通的特征，不限男女，不过主要还是用来揶揄男生的。这些特征如下：

"穿着不太合身的格子衬衫，下摆塞进工装裤，脚上一般是白色网面运动鞋。爱背那种登山之类用的大背包，能装东西又结实。另外，一般戴着眼镜。"

笔者不由得想起了自己的学生时代，好像条条都中，顿时汗颜。

〔二〕　日语原文是"いかにも東大生"，用罗马字标注读音为"IKANIMOTOUDAISEI"。

我顺势问她们："女生们怎么看待东大男生的穿着打扮？是不是觉得他们很土啊？"遗憾的是，谁也没有否认："看得出来有些男生的底子还是不错的""还是有几个挺时髦的男生的"。"有三成的男生在努力，剩下的七成……可能还在学吧？"一个衣着清新素雅的女生说道，"不过我自己也没那么会打扮。"微微笑了笑。我看着她，心想这就是最完美的回答了吧。

2017 年 4 月，《biscUiT》发行了"让编辑部芳心萌动的副刊"，名为《东大人气男子图鉴》。在各色东大帅哥中，编辑部首推毕业于东大农学部，现为日本电视台知名主播的枡太一。

校内女生最多的课

4 月 5 日，入学典礼都还没有召开，但在驹场校区，教养学部的人气课程"性别论"已经开讲了。大型阶梯教室内早早就坐满了新生和大二的学生，没抢到位子的学生站着听，还有人直接坐在过道上，甚至教室外也挤满了学生。负责这门课的濑地山教授被围在学生们中间，都无法回到讲台上，真是一番盛况。这门课的特点是，在女生稀少的东大，这间教室里的女生却非常多，甚至可以说，这是东大女生最多的一门课了。话虽这么说，映入眼帘的大半还是男生。

这一天，课上介绍了某女子大学在 1955 年进行的一项调查。该调查显示，有百分之二十一的学生没有男朋友（当时就是指字面意义上的男性朋友）。

"这就跟从开成⁽三⁾考进了理科一类的男生一样嘛。"濑地山教授的话引起了教室内一阵爆笑。如果一个男生从初高中一体的男校，考进东大的理科一类，这里以面向理学部和工学部的基础学习为主，甚至有"东京男子短期大学"的别名，确实是没什么和异性接触的机会。

　　就读理科一类的男生证实道："必修课上几乎没什么女生，但一进性别论的教室就有很好闻的味道。"

　　濑地山教授半开玩笑地介绍了理科一类的男生们真实提议过的一种搭讪方法：站在学校正门口，举起一块写有"我做家务"的牌子。

　　"在当今这个时代，每四个男性中就有一个人结不了婚。不过从东大毕业的男生，结婚率应该会更高一点吧。即便如此，东大的女生可是非常珍贵的，她们一辈子能平均挣到三亿日元（笑）。有很多东大的学生来自中产以上的家庭，母亲是全职主妇。这样的家庭背景，会反映在他们的性别分工意识以及性行为上。性别论这门课的出发点，便是让学生重新审视到自己十八岁为止形成的价值观。"

　　让人惊叹的是，接受本次采访的女生，全员都既认真踏实又出色。在东大独创的升学制度中，专业分配取决于学生的成绩（即大一大二就读前期课程时的平均成绩将决定大三时能升入什么学部和科系）。而她们的平均成绩都在八十分以上（这是相当优秀的成绩）。在大学

〔三〕　　指东京都的知名男校开成中学。

的后期课程（大三大四）中，她们将就读教养学部的国际关系等极难录取的专业，还有女生从以升入经济学部为主的文科二类，转入理科，就读工学部中人气极高的建筑学科。

最近，"自我意识较高人士"这个词不管在积极的层面，还是消极的层面上都被广泛使用。"自我意识较高"一般是用来形容一个人努力考取优秀的成绩，攻读心仪的专业，结识不同领域的佼佼者，将来从事有价值的工作。如果从积极的意义上来看的话，这个词是指为了不断提高自身，平日里就一直深思熟虑和力求精进的人。从这个角度出发，东大的女生中确实有很多自我意识较高的人。

来自经济学部四年级的 M 同学出身知名女校，她直言不讳地承认报考东大的理由就是因为"它是日本第一"。在校时，M 从东京近郊的家里坐新干线上学。她将在毕业后入职某新兴 IT 企业，并成为该公司第一个毕业于东大的女生。

回顾这四年，她说道："在东大，身边尽是优秀而且聪明能干的人，时常会让我惊叹'居然还有这么厉害的人'。受到他们的影响，自己也总是干劲满满。将来，我希望成为一个企业领导者。"

N 同学（工学部四年级）来自爱知县，高一的时候结识了考上东大的学姐，对她十分崇敬，所以自己也下定决心报考东大。她希望能发挥自己在数学上的天赋，为社会做出贡献，所以进入了工学部。即使到了现在，她一看到东大标志性的赤门[四]，依旧心潮澎湃——自己

〔四〕　　东京大学的赤门建于文政十年（1827），为加贺藩主前田齐泰迎娶德川家齐之女溶姬时所建。照当时从将军家迎娶夫人的惯例，把门涂成红色。加贺藩主府邸用地后被改建为东京大学本乡校区。

女生不愿上东京大学的原因

确确实实就在梦寐以求的大学里。将来，她希望进入民营企业，把在研究中所学的知识运用到实践中。

在她看来，"正因为考进东大，才接触到了不同的价值观，积累了各式各样的经验。学校里既有认真踏实的人，也有只顾玩乐的人。如果当时我念了老家当地的大学，应该不会有这些丰富多彩的经历"。

前任东大校长曾指出，东大毕业生对于母校的培育，并没有什么深刻的认识。但在当代的东大女生看来，她们对母校的满意程度非常高。

"想要让时间快进"

那么，一切就此一帆风顺了吗？对于这些东大女生来说，现实并非如此。因为，结婚生子等一般女性的幸福，依旧是她们要达成的目标。

"和同学们也经常会聊有关结婚和生小孩的话题。大家都有些不安，不知道自己将来能不能顺利地结婚和生育。我现在打算继续升入研究生院，不过以后就业的话，还是想进那些对女性更加友好的企业，比如化妆品生产商类的。比起一门心思扑在工作上，我希望工作、结婚和生子都别落下。有一个把事业和家庭都打理得很好的学姐，每次看到她的脸书（Facebook）就觉得很向往。"（理科二类二年级学生）

K同学（经济学部四年级）从小就很崇拜前联合国难民署高级专员绪方贞子。现在，她终于实现了多年的梦想，入职了某国际机构。

入职五年后，K将被派遣到国外工作，这几乎是既定的职业发展路线。K在本科时结识的男友现在已经在工作了，如果和他结婚，在小孩长到两三岁的时候，她就得出国了。在K的构想中，到时候雇一个保姆来照看孩子，应该就没问题。不过，她也担心一切能否那么顺利："真想让人生直接快进到那个时候。"

才二十二岁，就已不得不做好这样的思想准备。

"越来越多必须完成的人生课题，摆在东大女生的面前。如果只是工作做得出色，是得不到尊敬的，在结婚等其他科目上，也得获得好成绩。难道不是整个日本社会都在煽风点火吗？发明出'白日梦女''败犬'这样的词，还要塑造出兼顾事业和家庭的'女超人'，以这种标准来要求女性。东大的女生，已经快成为活得艰难的当代女性的象征了。"（五百田）

最后，我访问了毕业于东大的赤松良子（1953年毕业于法学部，曾任劳动省妇女局局长和文部大臣），她可以说是第一代的"女超人"。已八十七岁高龄的赤松依旧精神矍铄，现任日本儿童基金会理事长。

赤松自小就立志为工作奉献一生，她从大阪考入东京当时的津田塾专修学校（现为津田塾大学）。当她得知采用新制度的东京大学向女性也敞开校门后，决意报考东大，"这对我的人生会是有利的"。赤松于1950年考取东大法学部，是第五期考取东大的女生。在她的同学中，有一位从高知县女子专修学校（现为高知县立大学）考来的女生。赤松笑着回忆道："竟然从高知女专考到了东大，听说在她老家引起了不小的骚动。"

之后，赤松通过了高级公务员考试，就职于劳动省。当时，即使在公务员之中，也存在明显的性别歧视。毕竟在那个年代，在各中央省厅中，录取女性职工的就只有劳动省。赤松作为一名战后的新女性，立志扩大日本女性自明治以来争取到的权利，她清楚地意识到了自己的立场：

"好工作都分配给了男性，自己作为女性只有端茶递水的份。但不管怎么样，我也是东大毕业而且凭本事考上公务员的，我告诉自己不能因为这点小事就自暴自弃。我甚至还直接和上司谈判，希望他让我参与那些只有男性在做的工作。"

经过赤松等女性政府官员们多年的艰苦斗争，1985 年《男女雇佣机会均等法》出台，大大改善了日本女性的工作环境。赤松还被外派到过美国及乌拉圭等国，也有作为战后日本女性运动先驱的自觉。

当被问及如何看待现在的东大女生时，她首先承认自己和那么年轻的一代人已经没什么交流的机会了，然后说道：

"在我之前，有森山真弓（1950 年毕业于法学部，曾任文部大臣）等出色的前辈，我一直都希望能有后辈继承我们的道路。

"和我们的时代比起来，现在的社会环境明明已经改善了很多，但念东大的女生却没怎么增加，这可真让人悲叹。不过现在为了考进东大，得去有名的学校接受特别的辅导吧？换了现在，我一定考不上（笑）。"

在赤松入学的那一年，东大法学部八百个学生中，只有四个女生，即只占百分之零点五。

采访之前，我读了她的自传，问道："当年有很多男生追求您吧？"

赤松耸了耸肩，神色自若，仿佛在说，那是当然了。

"我听说就算到了现在，还会有人反对女孩念东大，因为以后八成结不了婚，"她依旧没有露出笑容，继续说道，"去告诉那些父母，事实根本相反，只要念了东大就能碰上好男人。"

作　者

松本博文，作家。1973 年出生于山口县。作品有《围棋电王战报道——人类对战电脑的真相》《电脑围棋实录——天才们编织的剧作》《东大驹场宿舍区的故事》《天才藤井聪太》等。

05

离不开《深夜广播》的生活

东京的夜空下每晚收听广播的人们

樽谷哲也

从这个演播室向全世界放送节目

☀

　　昨天她凌晨 4 点才睡。读读小说，看看提前录好的大河剧《真田丸》，任凭夏日夜短昼长。她还会小声地听音乐，从爵士到歌剧和古典乐，什么样的音乐她都很喜欢，这段时间最爱听的是绯红之王乐队的知名唱片《Red》。

　　原本她就爱晚睡，再加上常年工作在新闻第一线，不得不习惯于这种生活节奏。她曾在 NHK 综合频道的《7 点新闻》《10 点新闻》等夜间新闻报道节目担任主持人，任职长达十五年。在现场直播的电视节目中向全国观众播报新闻，是一份相当高压的工作，身心都会极度紧张。很多时候即使工作已结束，回到了家，肾上腺素依旧旺盛。这种情况下，要花相当长的时间身心才能放松下来。她的习惯是把爵士乐调到较小的音量，打开一本上乘的英国推理小说，或是翻翻画册，静静等待睡意到来。几乎每晚都要到凌晨两三点才能入睡，有时甚至黑夜都已泛白。

　　今天，她早上 8 点醒来，打开电视看连续剧《当家姐姐》，摄入一些水果和酸奶当作简易的早餐。如果是平时的话，她会出门散散步，特地去远一点的店购入食材，就当是运动。看看路上开了什么样的花，行人穿着什么样的衣服，商场里摆放着什么样的水果……通过观察四季的变换，她找寻着可以在当晚向看不见的听众们抛出的话题。不凑巧，今日天气不佳，雨下下停停，她便只得待在家中，扫扫房间，洗洗衣物。接着便开始推敲稿子，试着放声朗读，一手拿着秒表，计算播报的时长。

到了下午 1 点，她关上窗户，拉上窗帘，躺到 3 点左右。在这个时间段，只要能熟睡一会儿，就能为晚上长时间的工作积蓄体力。这一天，她睡了整整一个小时。

4 点的时候，她换好衣服出门。路过涩谷站，看见穿着夏季和服的年轻情侣们。她不由得露出了微笑，想必他们是去看烟花吧。

穿过拥挤的人群，她爬上一条坡道，向一个小山丘走去。NHK 放送中心几乎就位于涩谷区的正中央，她抵达的时候接近 5 点。

8 点过后便是晚餐。对于她来说，在直播开始的三小时前，是用餐的最佳时间。等正式坐在麦克风前时，肚子既不撑也不饿。

白天的时候，附近明治神宫的树林内蝉声震天，而到了晚上，只剩下窸窣的秋虫声。整个 NHK 放送中心内都静谧而安宁，和涩谷、原宿站周围喧闹的不夜城仿佛是两个世界。

晚上 11 点 03 分，她披上一件黑色的开衫走进位于十三楼的广播中心的演播室。五分钟后，一头卷发的马蒂·弗里德曼也走进了演播室，他脚踩极富摇滚音乐家气息的厚底鞋，震得地板咚咚响。

11 点 15 分，演播室内响起了舒缓的主题曲。

"大家晚上好。今天是 8 月 27 日，星期六。时间是 11 点 15 分。这里是 NHK 的《深夜广播》，我是今天的主持人森田美由纪。"

今天她的声音也和往常一样流畅。离节目结束还有五个小时四十五分钟，把握一定的节奏是非常必要的。

"这是 8 月最后一个周末了，大家都是怎么度过的呢？听说今天全国各地有很多地方在举办烟花大会……”

"真是完美的声音啊"

《深夜广播》的大多数听众是从工作一线退下来的年老者。现在，用手机和电脑就可以高质量地收听广播。不仅全日本，甚至在地球另一端的人都可以收听到这档节目。年轻的听众也在逐渐增加。

从《深夜广播》刚开始播出起，该节目主持人就一直被称为 Anchor。这个英文单词的含义包括锚、可靠的人或物、接力赛中接最后一棒的跑者等，在传媒、出版等行业中，则指那些最后负责总结陈词的角色。

能够激发听众认知好奇心的栏目，在听众中一直都很受欢迎，比如由文化界人士带来的科普类讲座等。不过到了周六，《深夜广播》会以播放音乐为主，同时穿插进内容轻松愉快的对谈或是有声读物，以此营造周末的休闲气氛，和听众们一起迎接周日早晨的到来。节目以小时为单位划分为不同的板块。

11 点开始的两个小时，主持人将会和嘉宾一起，以"成人的点播时刻"为题，为听众播放他们指定的曲目，点播的形式有邮件也有明信片等。八月和九月以"夏末秋初的季节"为主题，向听众征集了点播曲目。根据投稿的内容，可以看出有的听众和森田一样是五十多岁，也有三十多、四十多岁的，甚至还有十几岁的考生和二十多岁的求职者，可见年轻的听众在不断增加。

今天播放的第一首歌是来自松浦亚弥的《Goodbye 夏男》，这首快节奏的歌正好反映了听众群体的年轻化。一曲唱罢，今晚的嘉宾马蒂·弗里德曼一边听着森田说话，一边高度评价了她的声音："多么治愈人心，真是完美的声音啊。"出生于美国的他自 2004 年起定居日本。

森田谦逊地回应道："啊，真的吗……"

广播节目仅由声音构成，所以保持情绪稳定并持续对话至关重要，否则节目将难以成形。

"不过时不时会有人评价我的声音让人犯困，很催眠……"

生活在老家八十二岁的母亲常常会对森田说："听你说话，很容易犯困。"她主持的每一期节目母亲都会准时收听，不过母亲有时候也会苦笑，"节目里的音乐太吵了"。

与在电视台担任主播不同，主持《深夜广播》的时候，森田会时刻提醒自己，听众是戴着耳机或是通过放在枕边的收音机收听这档节目的，所以自己应当像在听众身旁温柔细语般，比平时更和缓更清晰地传达每一句话每一个词。

接下来播放了矢泽永吉的《退潮》、石川小百合的《能登半岛》、中村美律子的《河内男子节》和斯蒂夫·旺达的《Stay Gold》，"成人的点播时刻"的前半段便结束了。

随着深夜 12 点的钟声敲响，隔壁演播室内，前 NHK 主持人中村昇进行了十分钟左右的新闻播报。新闻播报结束后，《深夜广播》的主题曲再次响起。森田隔着玻璃，向离开演播室的中村点头示意，表示"您辛苦了"。接下来，每到整点的时候，都会有不同的主持人播报五分钟左右的新闻，他们都是自己在电视台的前辈。在这样的深夜里，和同事们一起负责不同的工作内容，自然而然地孕育出了彼此间的伙伴情谊。

"北海道的女儿"

过去，NHK 并没有深夜的广播节目。NHK 开始二十四小时全天候播放的契机，其实是昭和天皇身体状况的实况速报。当时，NHK 广播一边彻夜播放着安静舒缓的音乐，一边实时报道天皇的安危。1989 年 1 月 7 日，昭和天皇去世。许多听众表示，希望今后也能听到宁静祥和的深夜广播。于是，1990 年 4 月，《深夜广播》正式开播。

现在，原则上由十七位主持人轮流担任这档深夜节目的 An-chor，每人一个月会主持两到三次，一般是每隔两周主持一次。他们大多是 NHK 的资深主持人。比如森田现在是 NHK 的高级主持人，她负责主持《深夜广播》每个月第二和第四个周六的节目。

"成人的点播时刻"的后半程开始了。森田开始朗读听众来信，旁边的马蒂用流畅但仍有些生硬的日语对这些稿件做出点评，并将话题延展到更多的方向。对此，森田会小声附和道"是的"、"对"，但不会过度地介入马蒂的评论。她以内敛沉稳的语气推进着节目，不会特意强调自己 Anchor 的身份。

"成人的点播时刻"这一环节结束后，马蒂起身准备离开演播室，森田表示了离别的问候："还是要小心别中暑了。"

在之后的环节中，森田按从南到北的顺序，介绍了今日将在日本各地举办的各项活动。最后聊到了北国：

"包括普通市民在内，将有两万一千多位选手参加本次北海道马拉松大赛，札幌市的街道上将出现他们奔跑的身影。为了纪念北海道马拉松大赛三十周年，让整个北海道都感受到此次大赛的热烈气氛，北海道的七十九个市、町、村都将派出一名代表参赛。上午9点，选手们将从位于札幌市中心的大通公园出发，途经薄野欢乐街及北海道大学等札幌市各地标建筑……"

说着说着，森田回想起了深深印刻在自己脑海中的故乡景象。

森田生长于北海道，她称自己为"北海道的女儿"。森田曾就读于北海道大学文学部的英语文学专业。她原本打算在毕业后成为一名教员，也一度考虑过去企业就职，积累社会经验。但在那个年代，企业更乐意招聘毕业于短期大学[一]，而非四年制大学的女生。为此，森田没能进入想去的行业。

就在临近毕业的时候，森田在电视上看到了一条滚动字幕：NHK札幌分部正在为调频广播的音乐节目招募节目制作的工作人员。她心想，自己本来就喜欢音乐，要是能参与音乐节目的制作，那试一试也无妨，便报名了面试。没想到在面试的时候，突然被要求对着摄像头，朗读听众寄来的明信片。她当时紧张极了，拿着明信片的手不停地颤抖，甚至后来完全回想不起自己是怎么读信，怎么自我介绍的了。出人意料的是，第二天有人打来电话，询问她是否愿意成为NHK电视台报道北海道当地新闻的记者。虽然完全没有料想过事情会这样发展，但也许是初生牛犊不怕虎，似乎当记者也挺有意思，她便抓住了这个突然摆在自己面前的机会。1983年4月，大学刚毕业

[一]　　　相当于中国的大专。

的森田成为了 NHK 札幌分部的记者，工作的合约期为一年。

为了让幼子入睡

开始工作后，森田和摄像师一起外出采访，采访到的内容将在傍晚的新闻节目上播出。一开始，她总是受到上司的严厉批评，后来情况渐渐好转。工作进入第三年的时候，森田甚至有了在周六早间新闻以及旅游节目露脸的机会，忙得几乎没时间睡觉。在第四年快要结束的时候，电视台极力邀请她成为 NHK 的正式职员。也许森田就是在这个时候，下定决心在电视这个行业生存下去。1987 年的秋天，她成为了一名正式的主持人。

次年也就是 1988 年的 3 月，森田被调到了东京的演播室，很快就开始担任 NHK 新闻晚 7 点档的讲解员。于是，全国人民都开始认识她的脸，知晓她的姓名，熟悉她的声音。

《深夜广播》开播的时候，母亲就很期待有一天森田能作为 Anchor 坐在麦克风前，总说："如果什么时候让你也主持这档节目，那多好啊。"

森田自己也对广播很有亲近感。平时，结束了晚上的新闻直播回到家休息的时候，如果读书读累了，便会关掉音乐，躺着听广播。她听的节目不止《深夜广播》，只要是沉稳平和的说话声，都能使她的心情放松下来。

成为《深夜广播》的 Anchor 这一想法一直萦绕在森田的脑海中。终于，三年前的 2013 年 4 月，这个梦想实现了。她希望能一直做下去。

森田的父亲会把她主持的节目从头到尾都听完。到了早上，父亲会打来电话，告诉她"那个环节真不错"之类的。这位远在北国，通宵侧耳倾听女儿声音的父亲现已不在人世了。

森晃子独自居住在位于文京区的一间公寓，这里恰好可以眺望到东京晴空塔。每晚 11 点过后，她会走进卧室，打开放在枕边的收音机。收音机的指针常年都固定在 NHK 第一频道上。这一天，她看完了之前就很感兴趣的电视剧《盲眼的淑则老师》。剧中的主人公新井淑则是一名中学老师，与妻子育有三个孩子。由于视网膜脱落，淑则在三十四岁的时候完全失明，一度离开了学校。但淑则并没有放弃，最终在家人和周围其他人的帮助下，重新返回教坛。该剧取材于真实发生的故事，穿插在日本电视台的超长慈善节目《24 小时 TV》中播出。森晃子自己也因患白内障而接受过眼部的手术，同时还出现了黄斑病变的症状，害怕自己也会失明的她自然而然被这部电视剧吸引了。

等森晃子洗完澡躺到床上的时候，已经是半夜 12 点了，比平时晚了约一个小时。

她大约是十年前开始听《深夜广播》的。当时，森晃子正在自家看护患有肺癌的丈夫。某一个辗转难眠的夜晚，她无意间打开了收音机，广播里传来的说话声沉静而平和，应该是一位很有资历的主持人吧。看护的日子，每一天都焦虑难安，但那一晚，心里莫名地平静了下来。

漫长的深夜，森晃子总是徘徊在清醒和假寐之间。迷迷糊糊睡着之后，又会突然惊醒，摸黑侧耳凑近丈夫的脸，听听他还有没有呼吸。

确认了丈夫一切如常后，她才能松口气，重新躺回到自己的床上。这样的举动一晚上会发生好几次，在这惶惶不安中陪伴着她的正是广播里主持人的声音。现在，丈夫已经去世八年了，森晃子也已八十七岁高龄，生活中依旧离不开广播。

森晃子评价道，森田美由纪的声音总能让自己平静下来。她吐字清晰，语速平稳，声音不过于高亢，恰到好处。

今年3月，新的谈话节目《我的"热血"时代》同时在NHK的AM广播电台第一频道以及FM广播电台开播，播放时间为凌晨1点开始的一个小时。该节目曾请来演员小日向文世作为嘉宾。节目开播以来好评如潮，因此还安排了重播。

森田一直都很想采访同样来自北海道的小日向，于是她主动联系了小日向的经纪人，促成了两人的对谈。从筛选和邀请嘉宾到交涉演出细节，甚至剪辑节目音源，森田都亲自参与。由于节目时间的限制，即使有时与嘉宾畅谈了一个多小时，她也必须忍痛把对谈剪到规定的四十二分钟左右内。其他的Anchor也都亲自参与采访和对谈等环节的剪辑过程。

对谈中，小日向聊到了出演《真田丸》中丰臣秀吉一角时的愉快经历，也回忆起自己的青年时代，在立志成为演员前，他总是不走运。小日向也谈到了年轻时的一段恋爱经历。

"……后来呢？"森田简短地追问道，小声而且语调柔和。

小日向似乎有些困惑，不知接下来该怎么描述比较好，便很夸张地大笑起来："这些话题跟《真田丸》离得太远啦。"

"不会不会。稍稍跑题也没关系，嗯，嗯……"

小日向有些犹豫，但依旧微笑着，努力组织语言把对谈推进下去。

当年的这段感情最终并没有开花结果。接着，他又聊到了后来如何与自己现在的妻子相遇，并结为连理。森田全程话都不多，只是尽职地引导嘉宾畅谈己见。

森晃子很喜欢这期节目。这一晚，她不是不能睡，也不是睡不着，而是不想睡。

过去，为了让幼子安稳入睡，森晃子或是给他朗读童话故事，或是轻声唱儿歌。现在，她希望自己能在《深夜广播》的音乐或是对谈声中入睡。

森晃子夫妻俩都曾是都立驹达医院的牙医。她后来接手了父亲的牙科诊所，和丈夫一起经营，也曾长期担任当地中学的校医。

她的姐姐是作家近藤富枝，于 2016 年去世，享年九十三岁。森晃子一边做着牙医的工作，一边抚育大了长女森真由美。长女长期负责本地杂志《谷中·根津·千驮木》的编辑和发行工作，现已成为知名作家。次女仰木弘美也是该杂志的编辑。牙科诊所现在由他们唯一的儿子俊一担任院长。这家诊所服务了社区的一代又一代人，父亲把它交给了自己，自己又交付给了儿子，生过好几场大病的森晃子终于可以安度晚年了。现在她有十个孙辈，还有两个曾孙辈，不管哪个她都十分宠爱。

有的 Anchor 会把很多私人物品带进演播室。森田美由纪的桌上却十分整洁，只有必备的秒表，常年使用的电子词典和几支笔，桌旁则备着瓶装饮料。

深夜 2 点开始的环节名为"罗曼蒂克演奏会"，将由 Anchor 来介绍音乐。这一晚的音乐主题是"潇洒快意"，这是由森田提议的。

"今晚，让我们在世界各地的民谣中，开始一场音乐的旅行吧。……现实中想要环游世界一周的话，费钱又费时。但如果是音乐旅行，躺在床上就能轻松享受到它的乐趣……"

在四十九分钟多的时间里，共播放了十四首民谣。森田自己精心挑选了十多首，不过要凭一己之力把美洲、欧洲及亚洲各地的知名民谣都挑选出来，确实有难度。

在这个 2 点至 4 点的音乐环节中，外部的专家担任了极为重要的角色。负责选曲的柴田喜信在刚满三十岁的时候，参与了《深夜广播》的节目筹划。包括 Anchor 及制作人员在内，从《深夜广播》刚开播起一直活跃到现在的，只剩下柴田一人。

在森田提供的歌单的基础上，柴田按照选定的主题推荐了补充的音乐。就此，环游世界的路线完成了。

民谣之旅的起点为从美国的《我在铁路上工作》，然后飞向欧洲大陆、俄罗斯和亚洲，又踏上非洲大陆的土地。

"接下来我们将前往以色列。《Mayim Mayim》是一首以色列的民谣，常用于民族舞的伴奏。歌中这样唱道：'汲取泉水是我们的喜悦，水啊，水啊——'"

柴田认为，《深夜广播》的音乐环节成功与否，并不取决于选曲如何，而是取决于 Anchor 本人，是森田富有魅力的声音造就了这档节目。声音的魅力指的并不是声音大还是小，高亢还是低沉，或者是否有个性，而是指一个人的声音能营造怎样的氛围。

森田希望在音乐的陪伴下，那些辗转难眠的听众多少能睡一会。她经常会在节目的开头和听众们这样说道："请在享受音乐的过程中，让身体放松下来，好好休息。"准备了好几天，集中在一个晚上播放出来的节目，却对听众说，别听了，快睡吧。《深夜广播》便是这样不可思议的节目。深夜时分，正是森田在引导着这辆卧铺列车。

参加了五次"深夜广播听友会"

Anchor 们和听众有时也会不借助电波，直接面对面交流。

为了促成双方的直接会面，"深夜广播听友会"这个活动自 1994 年以来在全国各地举办。频率为一个月一到两次。活动的参与者中，有顺带旅行的老年夫妇，也有很多独自前来，希望借此认识更多朋友的听友。

9 月 3 日，森田和同为 Anchor 的德田章出席了在京都府南丹市公立会馆召开的"听友会"。会馆内播放着节目的主题曲，森田与德田一起登上了舞台。底下的听友居然离自己这么近，她有些惊到了，这一双双眼睛好像都在仔细端详着自己。

森田开始向观众打招呼，她有些害羞似的笑了笑："早知道就让他们给我好好化妆了。"宾客席中马上有一位男士大声回应："您很美！"馆内顿时沸腾了起来，掌声雷动。

南丹市市政厅成为了报名活动的接待窗口。从北海道至鹿儿岛，日本全国各地都有人往这里寄双邮资明信片，报名参加听友会。明信片一旦被抽中，将提供双人入场券。主办方将抽取一百五十封明信片，"中奖率"仅为六分之一，可谓竞争激烈。东京都内的居民中，仅有一人被幸运之神眷顾，但这位听众当天却并不在场。

原来，家住东京都练马区的长谷部安子和丈夫都报了名，最终以丈夫的名义寄出的明信片收到了中选的回复，夫妻俩喜出望外。但不巧，活动时间和别的安排冲突了，两人只得忍痛放弃京都之行。

长谷部安子是一名资深护士，虽然现在已经七十七岁了，一周仍有一到两天会去妇产科医院帮忙。丈夫在文部科学省任职，常常会加班或被派驻到外地。夫妇俩齐心协力抚养大了两个孩子。

长谷部安子大约是在二十年前开始收听《深夜广播》的。作为一名全职护士，忙碌了一天深夜回到家时，总是十分疲惫。没什么看电视的兴致，随手打开广播，节目里传来一位女主持人悠然悦耳的声音。这档节目便是《深夜广播》，声音来自人气极高的宇田川清江。她自节目一开播便担任 Anchor，奋战在一线二十年后，于 2010 年 3 月功成身退。

到现在为止，长谷部安子已参加了五次"听友会"。上一年 11 月在新潟县五泉市举办时，她也参与报名并中选了，和丈夫一起前往了活动现场。上一年登台的 Anchor 是石泽典夫和森田美由纪。在台下的她看着森田，感到很熟悉。嗯，就是声音很好听的那个人。

一直以来，长谷部都以救死扶伤为己任，勤勉工作。步入人生晚年的她，坚信退休后守着钱不放、虚度光阴是很没意思的，所以一边继续工作，一边学学英文对话，或是出门观光、远足，日子过得十分充实快乐。

她每晚会在 9 点半至 10 点这个时间段内躺进被窝。夫妻俩的关系很好，但由于工作性质不同，一直以来作息时间都不一致。为了保证自己出门和回家时的动静不会影响到对方的休息，两个人一直分房睡。

长谷部的枕边放着两个小型收音机，一台的指针对着 NHK 的 AM 广播电台第一频道，另一台则对着 NHK 的 FM 广播电台。到了晚上 11 点 15 分，她便关上电灯，开始收听 AM 电台的《深夜广播》，总是伴有一点杂音。到了凌晨 1 点，便转为对着 FM 电台的另一台收音机，电波较为稳定。控制好音量，整个晚上她都在广播的伴随下度过。

听到扣人心弦的讲座时，她会泪流不止；到了音乐环节，则会随着歌声自然入睡。这仿佛是生活赐予她的至高奖赏，她沉浸在这样的时间中。

后天失明的绝望

凌晨 3 点开始的音乐环节名为"为和歌之心而唱"。在森田的提议下，今天的主题被定为《乡愁之歌·合唱曲——今昔》。她在和负责选曲的柴田商议的基础上，选出了在本环节将要播放的歌曲。为了让听众能更好地享受音乐本身的魅力，森田尽量压缩了主持的文稿。

"不管喜不喜欢唱歌，我相信大家都有许多有关合唱的回忆，比如在听歌的时候，或是在参加毕业仪式以及合唱比赛的时候。今天，节目挑选了在人生不同时刻唱过或是听过的合唱曲，试着唤醒大家人生中难忘的'那一刻'。"

该环节以一曲《离乡之歌》拉开序幕。在介绍第二首歌《流浪之民》时，森田聊起了自己的故事："不由得回想起，多年以前，在我还是初中生的时候，放学后，总能听见合唱社团在音乐教室练习这首歌。"

在《在花间》及《最上川船之歌》等歌曲之后，森田介绍了初高中生的经典合唱曲目《大地赞颂》。

播放完十一首歌曲后，森田向听众悄声细语道："是否有一首歌能让你在被窝里，或是在车内一起哼唱呢……"

森田不忘听众里还有在深夜对抗着睡意奋力工作的出租车以及货车司机。

家住品川区的下堂薗保每天都会在泡完澡后，细细品味来自家乡鹿儿岛的芋头烧酒，在微醺中渐渐入眠。

曾经到深夜两三点还在听《深夜广播》的他，现年七十六岁了，每天晚上9点过后就有了睡意。

这一天，下堂薗也坐在电视机前等着《盲眼的淑则老师》开播。他作为咨询顾问，曾和电视剧主人公的原型聊过，他鼓励"淑则老师"就算失去了视力也应当继续站在中学的讲台上。因此，下堂薗对这部剧抱有浓厚的兴趣。11点，电视剧结束，他也开始入睡。

虽然就寝时间比平时晚了不少，但他依旧在凌晨2点左右的时候醒来了。如果在这个刚睡醒的时候打开《深夜广播》，基本上都是完整播放歌曲的环节，很可能在享受音乐的过程中一下子就到早上了。所以这个点他暂时不会听广播。

首先，下堂薗会听录有最新杂志内容的录音带，共三本杂志以九倍速收听。之后，他打开电脑，收件箱里积存了五十多封未读邮件，他快速确认过后，视情况撰写回信。因为眼睛看不见，所以全凭指尖的感觉敲打键盘。每敲下一键，专用的电脑都会发出声音回应，他就是这样写下每一段话的。

凌晨的工作告一段落，4点左右，打开广播收听《深夜广播》最后的部分，这几乎已成为下堂蔺最近每天必做的事了。广播里传来悦耳而沉稳的声音。

4点，森田开始播放提前录好的节目。节目名为《奥田佳道的"古典基因"》，由博学的音乐评论家对名曲进行解说，森田则切换到倾听者的角色。

下堂蔺曾是一名国家公务员，在羽田机场担任航空管制员。然而在四十五岁的时候，他因病失去了视力。单位曾劝说他离职，但在同样患有视觉障碍的前辈的鼓励下，他坚持工作到了六十岁，正常退休。现在，下堂蔺在本部位于新宿区的社会福利法人日本盲人联合会（日盲联）担任监事。日盲联以促进视觉障碍者的自立和社会参与为目标，于1948年成立，是日本此类团体中历史最悠久的。二十多年来，下堂蔺一直为视觉障碍者提供着咨询服务。

后天失明者必定会深感绝望，这一点他有切身的体会。再也不愿出门，自我孤立，甚至在失去理智后自残的人也不在少数。下堂蔺希望他们在陷入这样极端的痛苦前，试着向日盲联等团体寻求帮助。其实，即使失去了世界的光亮，还是能照常外出，甚至可以工作。只要有人打来电话咨询，下堂蔺必定倾力相助。他正是抱着这样热切的愿望在继续着这份工作。

花语是"纯情"

从莫扎特的小夜曲到柴可夫斯基的圆舞曲，广播里高潮迭起。一大早就是这么欢快的节奏，下堂蔺感到心情十分愉悦。他不由得衷心地感叹，奥田先生真是精通古典乐啊。

作为 Anchor 的森田也对奥田的解说佩服不已，屏气凝神，连连点头。不过她也没有光顾着听，还要适时插话：

"我假期去维也纳旅行的时候，参观了夏宫，在那里第一次听到了这首曲子的现场演奏。"

"真不愧是旋律的巨匠柴可夫斯基。"

"乐曲的主题也极具先锋派的特质，确实是十分前卫的挑战。"

这个优雅的节目环节结束后，《深夜广播》还剩下不到十五分钟了。在这最后短暂的时间内，很多听众依旧有所期待。原来，收尾时还有一个名为"生辰花与花语"的小环节，用声音来描述这一天的生辰花：

"山母子〔二〕。写作山野的山，母亲与孩子的母子，读作 YAMA-HAHAKO。"

山母子是菊科多年草本植物，常见于北海道以及本州中部以北。森田介绍道："中间部位是黄色的花托，边上一圈是花瓣状的白色小花。花语是'纯情'。"

对于日日寄情于广播而生活的人来说，三百六十五天中总有一天，在早上 5 点前，耳边会悄然响起送给自己的温情祝福：

"在今天迎来生日的听众朋友，祝你们生日快乐。"

演播室内有一扇大玻璃窗，窗外，天已经完全亮了，代代木的森林绵延不绝。冬天的时候，即使到了早上 5 点，窗外依旧一片昏暗。

〔二〕　　　中文名为珠光香青。

但在眼下这个季节，旭日明亮而夺目。这样的景致，仿佛照亮了自己通宵工作到此刻的内心。

只要活着，任何人都能感受到太阳再次升起，都能按自己的方式度过新的一天。并不是所有人都可以幸福而丰富多彩地度过每一天。人会遭遇痛苦及悲伤，但只要有一件幸事，人就可以重新获得勇气。一天之中小小的喜悦，些许的满足，都可以成为生命的养分。怀着这样的信念，每每到节目尾声与听众告别时，森田都会如同在为大家虔诚祈祷一般，脸上布满了平和的笑容，舒缓地说出同一句话：

"祝愿每个人都在今天碰上好运。"

语毕，森田美由纪静静关上了手边的麦克风。

作 者

樽谷哲也，非虚构写作者。1967 年出生于东京都。主要为杂志撰写纪实报道及人物传记等。作品《革命一代——涩美俊一评传》连载于零售业资讯杂志《钻石·连锁店》。

06

精英聚集的"小印度"

21世纪人数迅速增长的印度IT技术人员

佐佐木实

印度人学校的授课景象

☀

从唐纳德·特朗普当选美国总统的那一刻起，"特朗普冲击"不仅影响了美国，也在全世界各处造成了震荡。其中对印度的影响尤为令人意外。根据《日本经济新闻》于 2017 年 2 月 1 日发自新德里的报道：

"美国新政府的政策或将对印度大型 IT（信息技术）服务企业造成冲击。这引发了印度国内强烈的担忧。根据印度股市 31 日的收盘行情，塔塔咨询服务公司（TCS）等大型 IT 企业的股价齐齐暴跌。背后的原因在于美国是印度 IT 企业最重视的销售市场，而有消息称，从严审核印度 IT 技术人员赴美签证申请的相关法案已被提出。"

以印度第一财团塔塔集团的 TCS 为代表的 IT 服务企业，长期以来一直通过将印度 IT 技术人员派遣到美国的公司来获利。在派遣技术人员时，印度企业必须为他们申请美国的 H-1B 签证，即发放给具有专业技能的外国劳动者的工作签证。在美国，不少企业为了削减人力成本，雇用持有 H-1B 签证的印度人，而解雇原先的美国人。这样的企业受到了"不以美国为优先"的指责。实际上，特朗普已于 4 月签署了改革 H-1B 签证审核的总统行政令。可以说，印度股市遭遇的"特朗普冲击"，以一种颇具讽刺意味的方式证明了印度是 IT 技术人员"出口大国"。

事实上，这与日本也并不是毫无关系。现在，以东京都江户川区的西葛西为中心，已形成了一个印度人的聚集地，甚至还有了"小印度"的称号。推动其形成的原因正是进入 21 世纪后激增的印度 IT 技术人员。日本也已成为 IT 技术人员"进口国"。

报道了上个世纪 60 年代的东京的开高健，一定也没有料想过将来有一天，大批工程师会从印度源源不断地进入日本。毕竟在当时，印度是单方面接受美国等国家援助的"发展中国家"，属于"第三世界"，与现在拥有十三亿人口的印度大不相同。而今天的印度仿佛是五十年前的日本，正处在经济高速增长期。根据亚洲发展银行的预测，印度 2017 年的国内生产总值（GDP）增速将比前一年增加零点三个百分点，高达百分之七点四，2018 年则有望增至百分之七点六。随着中国经济增长的放缓，印度或将代替中国，担任引领亚洲经济的角色。

被卷入全球化浪潮而来到日本的印度人，落脚在作为全球化商业据点的东京，孕育出了"小印度"。在这里，不只有印度料理的餐厅，还有印度孩子上的学校以及印度人会朝拜的印度教寺庙。不只有 IT 技术人员，还有贸易、餐饮从业者，来自各行各业的印度人仿佛浑然一体，正在形成一个新的移民社会。这样的共同体，与日本人多少有所隔绝，所以笔者试着探访了这个诞生于东京的"小印度"。

脸上涂满颜料的一群人

大手町站汇集着许多大型企业的公司总部。在这里搭乘东京地铁的东西线，往东前进七站，经过分隔着江东区和江户川区的荒川，穿过上方的铁桥，便到达了西葛西站。出站后往南步行几分钟，可以看见一个名为"儿童广场"的公园。公园内只有一个长五十米、宽二十五米、泳池般大小的迷你运动场。这一天是 2017 年 3 月 12 日，星期天，万里晴空。这个小公园里聚起了越来越多的印度人，他们之中除了有住在西葛西这一带的印度人，还有很多人特地从关东各个地区赶来。原来，他们都是来参加洒红节庆典的。洒红节是为了庆祝春天的到来，在印度是家喻户晓的节日。据一个印度朋友的描述，和日本的节分〔一〕很相似。

上午 11 点左右，公园内已到处都是脸上涂满红色、黄色、绿色等鲜艳颜料的印度人。公园边上是提供印度料理的小吃摊，最里面是特别搭建的舞台。伴随着大音量播放的电影配乐，一群人正在舞台上跳着"宝莱坞舞蹈"。只要一踏进公园，这里的景象便会使人忘记自己身在西葛西。

"要不要涂一点？"

一个身材矮小的印度男性走到我跟前，举着涂满红色颜料的手指跟我搭话。脸颊被涂上冰冰凉凉的颜料后，仿佛我也成了他的同伴，于是我们开始互相自我介绍起来。

"我叫维卡斯·孔多纳拉。"

我感叹道："真是热闹的庆典啊。"维卡斯却把他那染了红色颜料的脸靠过来，悄悄告诉我："在印度可远不止这样。"他来自印度西部内陆城市奥兰加巴德，据他说，原本在洒红节时，人们不止涂抹颜料，还会无所顾忌地互相泼水打闹，又唱又跳尽情欢乐，甚是喧闹。果然，仔细一瞧的话，为了表示对当地的敬意，主办方在地上严严实实地铺

〔一〕　　　节分指立春、立夏、立秋、立冬的前一天，江户时代以后主要指立春的前一天。

着一层蓝色的油布。看得出他们在举办庆典时有所克制。

维卡斯被印度的 IT 服务公司派遣到日本，目前在一家金融机构中从事商务应用程序的开发和维护。他今年三十二岁，是一名单身的 IT 技术人员，平时租住在妙典站（千叶县市川市）附近的公寓内，坐十五分钟地铁便可达西葛西站。

"平时休息的时候我会练弓道。"来日两年多，他的日语已经很流畅了，聊着聊着还摆出了拉弓的姿势。在弓道场，他第一次结识了日本人。他看上去有些失望似的抱怨道："不过都是些上了年纪的男性，没什么机会和同龄男性说话，更不用说女性了。"

虽说有了"小印度"的称号，但在西葛西，其实并没有印度人专用的住宅区域，也不见印度人成群结队地走在路上。在印度，10 月、11 月的时候会举办排灯节庆典以迎接印度太阴历新年的到来。而在西葛西，身在日本的印度人同样会在每年秋日庆祝排灯节。可以说，只有当许多印度人聚在一起举办这样的户外庆典时，日本人才会感受到这里是"小印度"。

听说前来参加洒红节的宾客中，还有某知名美国金融集团驻日的印度籍法人代表等社会名流，"至少有超过五百个印度人来参加了庆典"。这个小小的公园，似乎在洒红节这一天，变身成了印度的某个地方。不过，他们为什么选中了西葛西呢？

西葛西的剧变

贾格莫汉·斯瓦米达斯·钱德兰尼今年快六十四岁了，据说他从出生到现在从未剃过胡子。像棉花糖似的白色胡须又长又厚，覆盖了整个下巴，垂落到胸口。他在距西葛西站北口步行约五分钟的地方经营着一家进口和销售红茶的公司，里面既有办公的场所，也有店铺。他还管理着公司旁边的一家印度菜餐厅。

钱德兰尼成长于加尔各答，从名校德里大学毕业后，二十六岁的他来到了日本。钱德兰尼的家族世世代代都从事贸易。当时他的表兄从大阪移居到了纽约，所以刚毕业不久的钱德兰尼被选中作为家中生意的"日本负责人"。

他回忆道："当时还没有西葛西站呢，江户川区的发展规划刚刚成形，到处都是空地。当然这里一个印度人也没有。毕竟除了农家之外，连日本人也没几个。"

钱德兰尼先在新宿区的神乐坂住了一年左右，后来因为公司需要储存进口商品的仓库，便辗转到了西葛西。他是在昭和五十四年（1979）搬到西葛西的，在这一年的 10 月，西葛西站正式开始运营。

现在，在西葛西站南侧的清新町，有一片住着很多印度人的大规模居民区。昭和五十八年（1983），这个居民区在填海而成的土地上建成。钱德兰尼看着装满泥沙的卡车在这来来往往。与其说他是第一个住在西葛西的印度人，不如说是填埋江户区南部海域后开发而成的新街区迎来的第一批居民。

平成十年（1998），钱德兰尼注意到这片街区发生了小小的变化。在西葛西站附近，开始经常能碰见以前从未见过的印度人，他回忆道：

"过去，包括我们家在内，只有四户印度人住在这附近。但渐渐地，走在路上总能碰上几个年轻的印度男性，我心里便有些疑惑。我们几个住在西葛西的印度人商议了一下，决定借一间会议室和他们

精英聚集的"小印度"

聊聊。他们的话使我们大为震惊，原来已经有三十多个印度人聚居于此。"

这些年轻人是为了处理计算机的"千年虫问题"而来到日本工作的。"千年虫问题"是指一旦进入公历 2000 年，计算机对年份的识别很可能会产生偏差，这使得金融等行业不得不大费周章加以应对。为此，大量技术人员在这时从印度的 IT 服务企业被派遣至日本，开始在各大型企业大展身手。他们工作的地点大多在大手町、茅场町、神谷町等东京中心地区。

钱德兰尼和他的同胞都对祖国印度跻身"IT 技术人员出口大国"这件事深感自豪。根据公司的安排，这些年轻的技术人员一般会在日本工作半年至一年，单身赴任的他们原本都是住宾馆。印度人信仰最多的是印度教，由于这一宗教上的原因，他们之中有很多不吃猪肉、牛肉等肉类的素食主义者。于是这些年轻人来到西葛西寻找合适的房子租住，以便自己做饭。而西葛西离市中心又近，房租也相对便宜。

钱德兰尼还做过他们租房的担保人。甚至"加尔各答"这家印度菜餐厅，一开始也是为了解决大家的饮食问题而开的。在这个时候成立的"江户川印度人团体"（Indian Community of Edogawa, 简称 ICE）现在依旧组织着各类活动，钱德兰尼本人一直担任该团体的会长。可以说，西葛西印度人的社群组织正是源自 ICE。

在森喜朗执政的 2000 年 8 月，日本还与印度建立了全球性合作伙伴关系。"千年虫问题"被解决后，来日的印度 IT 技术人员仍在持续增加。在西葛西，携家带口来日的印度人也变多了。为了满足同胞们的需要，ICE 的成员们开办了托儿所，还与印度的电视台交涉，方便大家通过网络观看印度国内的电视节目。在日印度人很喜欢通过线上讨论组的方式，在不同的群组中发送邮件以交换信息。比如，大家都很关心哪些儿科医院能用英语接待患者。

钱德兰尼介绍道："现在已经有了各式各样在日印度人的群组，比如卡拉OK同好会，各个地区的同乡会等等。要成立什么样的群组，谁来牵头，都是可以看情况灵活安排的。"

根据东京都的外国人人口统计数据（2017年1月1日），东京都内共有一万零三百五十四名印度人，其中的三千二百二十五人，即超过三成住在西葛西所属的江户川区。如果非要明确指出"小印度"的地理范围的话，那可以说是以西葛西为中心，覆盖江户川区和西邻的江东区两区的地带。在东京，约一半的印度人都居住在这两个区内（在日本临时居住的印度人共计二万八千六百六十七名《2016年12月临时居住外籍人口统计》）。

工资是在印度的四倍

拉詹一家三口住在清新町的居民区内，离西葛西站很近。妻子是全职主妇，女儿快满两岁了。拉詹来自印度南部，有着当地人标志性的黑皮肤和一头卷发。他1984年出生于泰米尔纳德邦的拉马纳塔普兰县，该邦位于印度最南端。拉詹是印度IT服务企业的技术人员，现在被派遣到了一家日本的保险公司，主要的工作内容是开发及维护养老金的管理系统。

拉詹的父亲是一名木材商。在印度，私立学校教授的学习内容远比公立学校复杂艰深。拉詹读的便是私立学校，接受的都是英语教学，英语水平自不必说。他的母语是泰米尔语，旁边喀拉拉邦说的马拉雅拉姆语也听得懂，也能说印地语，虽然并不怎么擅长。此外，日语也说得不错。可以说，拉詹通晓五种语言。

拉詹毕业于印度理科院校中极难录取的国立理工学院（NIT），该校是与印度最顶尖的印度理工学院（IIT）齐名的大学。他就读的是 NIT 位于泰米尔纳德邦首府金奈的分校，上大学的时候就离开了家乡。

找到理想的工作对他来说几乎轻而易举。各大企业的招聘负责人都来到他的学校展开人才争夺战。谷歌、微软及塔塔集团都向他抛出过橄榄枝，最终他选择了大型 IT 服务企业高知特信息技术公司（CTS）。原因是在这家公司，即使在合约期内离职，也不必缴纳罚金。拉詹原先打算在工作一年左右后，重返大学攻读 MBA（工商管理硕士）。

不过后来他并没有获得 MBA 学位，而是一直留在 CTS 工作。他的海外工作经验也很丰富。刚进公司的两年左右，他一直在金奈工作，之后被第一次派遣到东京，工作了约一年。在接下来的职业生涯里，他时不时也会回印度，但大多数时间都在国外。他在美国加利福尼亚州的洛杉矶也工作过两年半，现在是第二次被派遣到东京，待了已经快三年了。

在拉詹再次来东京工作前，通过相亲认识了现在的妻子并和她结了婚。妻子与他来自相同的种姓（不同等级的共同体构成了种姓制度的基础），原先也从事 IT 相关的工作，借着来东京的机会辞了职。

要说在东京工作的最大好处，便是工资了，大约是在印度时的四倍。拉詹现在的月薪是五十五万日元，其中每个月要付十二万左右的房租。为了让每天都做饭的妻子可以休息，他们周末会去一次印度菜餐馆。偶尔也会出去旅游，这也是一笔不小的开支，但毕竟是为了家人。

虽说工资是在印度时的四倍，但在日本的生活成本也非常高，稍不留神，每个月的储蓄可能反而会低于在印度工作时的水平。在回国前，拉詹必须存够买房子的钱，所以平时会尽量减少生活开支。他还希望女儿能在印度接受教育，所以不会久居东京，估计至多再在这里工作三年。他计划回国后不再去国外工作。

关于未来规划，他打算在四十岁左右的时候辞去现在的工作，回到故乡拉马纳塔普兰县做点别的生意。因为在 IT 行业工作，总得追着学习最前沿的知识，同时在工资方面，也是年轻人更有优势。让我惊讶的是，他身边和他有同样想法的同事也不在少数。根据拉詹现在的判断，再过个二十年，印度说不定也会发展为在道路交通等基础设施方面毫不逊色于日本的国家。

拉詹一家居住在由独立行政法人都市再生机构（UR 都市机构）兴建的十四层出租公寓里。据他描述，同一楼层内的十三户人家中，有六七家都是印度人家庭。也许是因为附近印度人并不罕见，他们彼此之间的关系只限于早上出门时会互相打招呼的程度。拉詹家住的这个居民区名为"葛西 Clean Town"，于昭和五十八年（1983）起开放入住，是东京都内最后建成的大规模居民区。

UR 都市机构俗称"UR"。在西葛西站附近，有好几个由 UR 开发的居民区。现在，印度人已经成了 UR 的重要客户。租住 UR 的房子，既不必出入住的礼金，续租时也不必缴纳更新合约的费用。尤其吸引印度租客的一点是入住不需要"担保人"。

石川卡马尔来自印度西部的马哈拉施特拉邦。他来日已超过十五年，不过自小是在印度长大的。他的妻子也是地地道道的印度人。要说为什么他的姓是"石川"，是因为他已加入了日本国籍。关于为什么选择成为日本人，卡马尔回答道："因为在日本的生活很和平。和平是最最重要的。"他还是高尔夫球手石川辽的粉丝。卡马尔在未婚的时候入了日本籍，同时也拥有印度的永住权。

卡马尔当年是出于对"日本制造"的工业制品的浓厚兴趣才来了日本。他过去一直在大田区的汽车零部件工厂工作，两年前进入了房地产行业。仅在两年内，他已经手了超过五百套 UR 的租赁公寓，最主要的顾客是印度人，而印度客户中有九成是 IT 技术人员。

卡马尔介绍道："做 IT 的从二十五岁到四十多岁都有，不过主要还是年轻人居多。年收入大概在五百万到六百万日元。如果到了经理之类的级别，一年能赚一千万，甚至一千四百万的都大有人在。不过一个项目一旦结束，他们马上就会被派到另一个项目上，所以能住多久说不准。有人一年，有人三年，更长的也有。留在日本的时间不稳定，自然也不能说他们是高薪。因为一旦回到印度，工资就会回到原来的水平。"

卡马尔住在靠近西葛西站北侧的小岛町二丁目居民区，也是 UR 的租赁公寓。他表示那里大概四成的居民都是印度人。（后来我向 UR 进行了确认，对方表示没有做过精确的统计。）

我走访了 UR 建在江户区的其他居民区。管理人表示："来借用居民活动中心的基本都是印度人。有的是为了迎接庆典，借来排练舞蹈演出，也有的是太太们之间举办茶话会。"走在西葛西站附近的 UR 居民区内，总能看见一些上了年纪的日本男性在漫不经心地散步，可能是刚退休吧。他们的身影和那些正推着婴儿车往家走的年轻印度夫妇们形成了鲜明的对比，仿佛正在向我展现"日本企业战士"世代交替的一幕。

在卡马尔看来，印度人聚集在西葛西站附近，不仅仅是为了 UR 的住宅。他肯定地说："大家最看重的，还是这里有印度孩子可以上的学校。"卡马尔自己也有个四岁大的女儿。

日本人也能上的印度人学校

经营着食材店的皮莱居住在小岛町二丁目的居民区内，膝下有两个女儿。一聊起教育的话题，他连店里的客人都撇下了，十分热心地向我介绍道："最要紧的就是教育。因为啊，如果教育的基础打得好，在全世界到处都能生存下去。"

他的大女儿快满九岁了，每个月包括学费在内的教育支出就高达八万日元，小女儿上的也是国际学校。尽管学费已经相当可观，但因为姐姐不是很擅长算术，所以还在网上请了家庭教师专门辅导她。

他继续说道："等她们长大以后，想让她们念美国的大学，而不是印度的。最好是波士顿那边的学校。所以自小把数学和英语学好至关重要啊。"

皮莱明确表示，他绝不会考虑让孩子读日本的公立学校，这几乎可以说是所有"小印度"居民们的想法。因为在他们看来，如果不能用英语上课，教育就毫无意义。

随着印度人学校的增加，"小印度"的范围也在不断扩大。在江东区，"在日印度人国际学校"（India International School in Japan，简称 IISJ）于 2004 年正式开校。江户川区的"环球印度人国际学校"（Global India International School，简称 GIIS）则始于 2006 年。同样在江户川区建成的还有"塔赫瓦（Tathva）国际学校"，该校在"三一一"东日本大地震后正式投入运营。不管哪一所学校，刚开始的规模都不过是小型私塾的水平，但很快就吸引到了大量学生。

搭乘都营新宿线，在船堀站下车后往北步行约五分钟，可以看见横跨荒川的新船堀桥，桥头便是塔赫瓦国际学校。该校离西葛西站也不远，就在其往北三公里的地方。学校位于一幢大楼内，没有专用的操场。一位被派遣到日本工作的印度人和其日本友人创建了这所学校。据说刚开始的时候，包括创始人的孩子在内，学校里只有五个学生。现在，全校共有近四百个学生，年龄跨度从三岁至十六岁。其中，印度学生约占七成，约二成为日本人。在江户川区的北葛西站还成立了分校。

听说还有日本人，我便请求校方带我参观学生们上课，我从幼儿园走访到了小学低年级。课堂里，孩子们不分国籍都坐在一起，乍一看，根本分不出是日本学生还是印度学生。不用说，不论几年级，老师都是英语授课。没有一个学生在窃窃私语，都在认真听老师讲解。日本学生也能用流畅的英语回答老师的提问。

学校里的老师，除了有印度人、日本人，还有德国、法国、美国、菲律宾、英国及保加利亚等国的外籍人士。果然就像校名所示，十分国际化。创建脸书的"马克·扎克伯格"、微软的"比尔·盖茨"等成功人士的名字都被直接用作各个班级的昵称。据说，学生的家长也是以 IT 技术人员为主。在印度也曾做过老师的伊姆兰·沙伊克介绍道："在引入工程师方面，日本有着非常丰厚的土壤。也有印度人在中国工作，不过他们主要是做劳工。"

正因为 IT 技术人员是凭借自身的学历才获得了今天的社会地位，他们自然对学校的要求十分严格。塔赫瓦的教学特色，是采用英国的剑桥式课程体系。GIIS 和 IISJ 则采取了印度的中央中等教育委员会（Central Board of Secondary Education，简称 CBSE）制定的印度传统课程体系。到去年夏天为止还在 IISJ 教课的印度老师亚莎·迦罗在这里负责教小学算术和中学数学，她向我解释道：

"CBSE 式教学以记忆为主，而剑桥式则以引导学生思考为主。印度的大多数学校是 CBSE 式的，如果采用 CBSE 式教学的话，学生学习的内容就会和印度国内基本保持一致。比如，在历史课上，会详尽地介绍印度的历史。"

作为家长，一旦被调回印度，就得让孩子读印度国内的学校。或是又被派遣到了美国等其他国家，那孩子也可以转入当地的印度人学校。所以，如果孩子学的是同一套课程体系，转校就会顺利得多。随着在日印度人学校的增加，家长得以自由挑选适合自己孩子的教学体系。塔赫瓦一年的学费约为六十万日元，比 GIIS 及 IISJ 略低。而三所学校的学费都远远低于欧美人经营的国际学校，虽然无法一概而论，但大致仅为那些学校的三分之一。没想到，这还成为了吸引日本人的原因。

在参观学生上课的时候，我询问两个八岁大的日本孩子为什么没去读日本的学校而是在这里上学。两个人活力满满地异口同声道："因为英语！"其中一个孩子补充道："等长大以后，再想学好英语就很困难吧。"校区位于西葛西的 GIIS 有超过五百个学生，和塔赫瓦一样，其中约二成是日本人。当我询问这些日本学生父母从事什么职业时，有个孩子有些犹豫，仔细打探后，原来孩子的父亲是国家公务员。按照学校方面的说法，"很多日本学生的家长收入水平比较高"。看来在校园里，日本人逆向融入在日印度人群体的现象也正在发生。

不把宗教和种姓放在心上

过去，在日本各都道府县中，兵库县的印度人最多。1990 年之后，东京都才超过兵库。由于兵库拥有神户这个港口，过去吸引了很多印度人。在历史悠久的神户印度商人群体中，和印度社会一样，人们根据宗教以及种姓的不同，形成了各自的共同体。神户有印度教、耆那教和锡克教的寺庙，象征了各个不同的共同体。

而住在西葛西"小印度"的则是 2000 年以后人数才急剧增长的印度人群体，并且其中以短期居住的 IT 技术人员为主，因此人员流动频繁。一个很好的证明就是在"小印度"没有宗教设施。

准确来说，这里确实有印度教的寺庙，但那并不是为了"小印度"而建，而是属于宗教团体国际奎师那知觉协会（International Society of Krishna Consciousness，简称 ISKCON）。20 世纪 60 年代中期，一位在美印度人创立了 ISKCON，这是一个以不断吟诵梵咒《哈列奎须那》[二]为特色的印度教新兴教派。披头士乐队的乔治·哈里森曾

〔二〕　原文为 Hare Krsna，此梵咒在 15 世纪经由瑜伽大师圣柴坦尼亚·玛哈帕布大力推广后，逐渐为世人所知，大意为"唱诵上主的圣名，念念上主，融入上主"。

对 ISKCON 表现出浓厚的兴趣，ISKCON 也因此被世人熟知。现在，ISKCON 在国际上的影响力也传到了印度国内，还建起了寺庙。

20 世纪 70 年代，ISKCON 开始在日本展开活动。2010 年，ISK-CON 将寺庙从中野区搬到了江户川区的船堀站附近。在那之前，ISKCON 主要由日本人运营，从迁移寺庙前后的时期开始，印度人也参与进来。据说现在，决定寺庙运营方针的七个成员中，已有四个是印度人。我采访了其中一人，发现他是一名来自孟买、在日本知名 IT 企业工作的 IT 技术人员。

周日做礼拜的时候，教徒中的日本人热情地歌唱着《哈列奎须那》，而携家带口的印度人则在一旁静静地参拜。在这座寺庙里，日本僧侣越来越多地被印度教徒请求为其做"普祭"（祈福），其中包括给孩子举办被称为"Mundana"的剃发礼。由于在西葛西附近没有正统印度教僧侣，所以他们只得向这个 ISKCON 的寺庙寻求帮助。

神户大学的印度研究者泽宗则教授指出，在西葛西形成的"新"印度人群体与神户的"旧"印度人群体相比，一个很大的差异是，在西葛西几乎没有基于宗教及种姓培养身份认同的硬件设施，宗教场所就是一个很典型的例子。塔赫瓦国际学校的迦罗老师也表示，在东京印度人学校成长的孩子不像在印度时那么强烈地在意宗教及种姓。如果生活在印度，每天都不得不一次又一次确认自己所属的宗教及种姓。反过来说，在东京，会更倾向于以"印度"这个国籍来确认自己的身份。因此迦罗认为，这里正在孕育出一批"新印度人"。

新共同体的诞生

在西葛西，最近出现了一个建设"真正的小印度"的动向。一般社团法人"小印度东京"于 2015 年成立，其创立的目标是开发出具有印度特色的街区，比如建成瑜伽教室及咖喱料理店林立的"印度街"等。不过最重要的课题还是兴建印度教的寺庙。

"小印度东京"的发起人是江户川印度人团体的会长钱德兰尼和江户区议会议员桝秀行。桝表示，江户川区一直没有什么突出的特色，在考虑如何宣传江户川区时，他注意到了日渐壮大的印度人群体，于是开始与他们进行更深入的交流。桝表示："盖寺庙的土地已经定下了。预计将花费四亿日元左右，不过钱从哪里来，现在还没头绪。"

IT 技术人员流动频繁，要想说服他们参与长期的建设项目十分困难。因此，建设寺庙的责任主要落到了西葛西"老一代"的印度人肩上。尽管如此，来日时间最长的钱德兰尼表示，建设"真正的小印度"很有必要，他说："在日本，从来没有哪个地方聚集过这么多印度人。这里正是在日印度人的前线啊。我想为他们建成这些生活设施。"

一边是早晚会离开东京的 IT 技术人员，一边是已经定居下来的人，两者对建设"真正的小印度"的态度存在"温差"，也是无可奈何的事。但让我真正感兴趣的是，原来钱德兰尼是"信德商人"的后裔。

信德省现属巴基斯坦，省会卡拉奇是巴基斯坦最大的港口城市。信德省过去是印度的领土。1947 年印巴分治时，信德被划入了巴基斯坦。钱德兰尼的家族是信德省塔达古城的地主，以卡拉奇为据点从事国际贸易，因而是信德商人。

而钱德兰尼之所以生长于加尔各答，是因为他的父母在巴基斯坦作为一个伊斯兰国家独立时，拼命逃到了印度。大批印度教徒一度成为了难民。虽然钱德兰尼一次都没有去过信德，但他对失去了的故土充满了深厚的感情。

大约在近代日本打开国门后的 19 世纪 80 年代，信德商人便已早早来到了日本。他们在神户形成了自己的共同体。正因如此，在钱德兰尼来到日本之前，他的表兄曾在关西生活过。

通过介绍印度人住进 UR 的居民区，也在为"小印度"做贡献的石川卡马尔，身上也有信德商人的血统。在祖父母那一代，他的家族从信德逃到了孟买。外祖父的弟弟现在也住在神户。

认识很多印度 IT 技术人员的卡马尔明确指出："很遗憾，他们之中对日本感兴趣的人很少。他们只关心在这里可以存下多少钱。"他还含蓄地补充道："不过这和日本这个国家也有关系。"UR 以外，乐意把房子租给印度人的业主极少。即使是在 UR 的居民区，也常会有邻居抱怨"印度人的孩子太吵了"。

印度的技术人员们为了追求更高的报酬，在国际劳动市场上四处奔波。他们通过脸书等社交软件保持联系，因此是一个带"虚拟"属性的群体。先来者帮助着后到者，"小印度"就像一叶扁舟在大海上漂浮。

虽然对于在西葛西建起"真正的小印度"这件事上，大家意见不一，但这样的尝试绝不会止步于此，因为孩子们正在孕育着"新印度人"的学校里学习和成长。这个成型于东京的"小印度"，今

天也在全球化这条汹涌的浊流之中，静悄悄地进行着创建共同体的
实验。

作　者

佐佐木实，记者。1966 年出生于大阪府。其作品《市
场与权力——醉心于"改革"的经济学者的肖像》深度报
道了竹中平藏的前半生，曾获大宅壮一非虚构文学奖和新
潮非虚构奖。

07

不断进化的"鸽子巴士"

与时俱进创建新的热门路线

小林百合子

导游的讲解也是"鸽子巴士"的魅力所在

十八岁时，我从关西来到东京生活。一转眼已经过去二十年了，忽然意识到自己生活在东京的时间已超过了关西。甚至在回乡探亲时，都曾在途经的大阪站迷路。

　　记得刚来东京的时候，·我是一手拿着地图认路，一边在银座、浅草及涩谷等地徘徊。现在这些地方已经成为了我生活的场所。每每看见观光巴士停靠在被称为观光胜地的建筑物及商业设施旁时，我心里还会嘀咕，这些满地垃圾的街道有什么可看的？

　　然而就在前几天发生的一件事，完全改变了我的这种想法。为了做一个采访，我加入了鸽子巴士的观光团，花了半天的时间游览了各观光胜地。从东京站出发，途经皇居、浅草、东京塔等地，行程很满。一开始，我对这次旅行并不抱什么期待，但巴士出发后，意外地发现了其中的乐趣。从导游的讲解中，听到了有关东京历史的一个又一个趣闻轶事，我还饶有兴致地记起了笔记。

　　比如位于东京都中央区的马喰町。现在我已熟知其读音为"BAKUROCHOU"，不过刚来东京那会儿，很多地名根本不知道该怎么读，其中就包括这个马喰町。巴士导游向我们解说道："据说，这个名字的由来是因为江户时期这附近有一个买卖马匹的市集。当时，买卖双方的中间人被称为'博劳'（读音为 BAKUROU），后来这两个字又渐渐变成了'马喰'（读音同为 BAKUROU）。"

不断进化的"鸽子巴士"

虽然车窗外的东京街景早已见惯，但每隔几米，就能听到如杂学讲堂一般丰富多彩的解说，我的视线仿佛被钉住一般，根本无法从车窗上挪开。连平日就居住在东京的我都如此，更不必说从其他地方赶来的游客了。

说实话，我曾经多少对鸽子巴士有些不屑一顾，但这样的想法完全大错特错。即使是东京人，坐上鸽子巴士，也能感受到趣味。不，甚至可以说，正因为居住在东京，当平时没有留意到的东京历史和景致一下子呈现在自己面前时，才倍感乐趣。自那天之后，我便总是向身边认识的人和朋友介绍鸽子巴士的魅力。不过，大家的反应惊人地相似："坐的都是些外国人吧。"

的确，不管是巴黎还是伦敦，乘坐城市观光巴士的基本都是外国游客。与之相比，在我乘坐的鸽子巴士上，还是以日本人为主，只有那几个身穿印有"切腹"字样卫衣的年轻人，明显看得出是外国人。

根据鸽子巴士公司的统计数据，2016 年度，约有九十四万人搭乘了东京近郊的定期观光巴士。其中，约有八万人来自国外，连一成都没达到。在日本乘客中，说不清是东京还是外地的游客更多，但不论如何，一年内就有超过八十五万国内的游客搭乘了鸽子巴士，这着实令人震惊——在当今这个网络发达、轻轻松松就能实现个人游的时代，居然还有这么多人选择搭乘观光巴士。

我不由得想，如果通过鸽子巴士这个视角来观察东京，也许可以看见这个城市不为人知的有趣一面。

成人票二百五十日元

鸽子巴士公司成立于 1948 年，在 2018 年，迎来了第七十个年头。公司一开始的名字是新日本观光公司，在 1963 年改成了"鸽子巴士"。公司创始人山本龙男曾工作于建设了日本首条地铁的东京地下铁道公司，在二战前便着手做起东京都内观光巴士的生意了。山本决定要在战败后的东京借助观光来帮助日本复兴，所以他在战时便已向东京都政府申请承包观光巴士业务的经营权。那之后，他以旅游公司的形式对业务进行了包装。1948 年，鸽子巴士的前身，新日本观光公司正式成立。

鸽子巴士宣传部门的杉田真佑子（24 岁）向我介绍道："1949 年 3 月，鸽子巴士发出了第一辆定期观光巴士。最初的路线是从上野站出发，途经上野公园、皇居前广场、赤坂离宫（现改名为迎宾馆）、浅草观音寺，总计游览三个半小时。费用为成人每人二百五十日元。巴士车身上的鸽子标志几乎是与公司的成立同时出现的。鸽子既是和平的象征，作为信鸽又寓意'必将回家'，因而蕴含着'和平、安全、快速'的服务宗旨。"

战后三年，东京的复兴才刚刚起步。我想象着在这样的时代背景下，印有象征和平的鸽子标志的巴士行驶在城市里，会是一幅怎样的风景。而这样的画面，又给了处在战后复兴之中的东京人多大的勇气。数量逐渐增加的鸽子巴士，也可以说是东京复兴的证明。

杉田继续介绍道："随着经济高速增长期的到来，鸽子巴士也实现了大跨步增长。1958 年，东京塔正式对外开放，全国各地的游客蜂拥而至，鸽子巴士也一下子蜚声全国。"

不断进化的"鸽子巴士"　　　　　　　　　　　　　　　133

迈入经济高速增长期后，鸽子巴士一下子推出了各式各样丰富多彩的观光路线。当时的日本刮起了一股空前的休闲旅行热。1954 年，公司推出了以银座的东京温泉（日本第一家桑拿设施）等为主要卖点的路线，主推舞厅及脱衣舞表演的夜间路线也开始运营。

比如，"保龄球·高尔夫 BG 路线"能让游客同时享受这两项当时的热门休闲运动。而"立体观光路线"则运用了巴士以外的各种交通工具，比如搭乘小型飞机从羽田机场出发，环游东京上空后，再从平和岛乘坐观光汽船行至浜离宫。在时间和空间上都能尽情享受东京乐趣的不同路线陆续登场，不仅使外地游客为之心醉，连东京人也乐在其中。

在接下来的 1964 年，东京奥运会开幕，与此同时，盛况空前的东京观光热席卷全国。在这一年之中，鸽子巴士的游客总人数达到一百二十三万人，刷新了历史纪录。

长谷井由纪（75 岁）曾在鸽子巴士工作，是当年亲身感受到了那个时代高涨情绪的巴士导游之一，她说："我是在东京奥运会召开的两年前进入公司的。现在大家不会这么称呼了吧，不过在那个时候，用'农村人进城'这个词来形容游客，可以说再贴切不过了。女性身着和服，男性则是西服加礼帽。那时候大家都很爱打扮呢。特别是每年 10 月末至来年 3 月的时候，会有很多从东北地区来的游客。这些游客大多经营农业，大概是趁农闲时来东京观光的吧。那是个各地经济都很发达的时代啊。"

我询问起当时最受欢迎的路线是哪一条，让人惊讶的是，比起奥运会比赛期间，闭幕后的路线给她留下了更深刻的印象："当时公司推出了奥运会纪念路线，带游客参观国立竞技场以及日本武道馆等比赛会场。观光时，会让游客坐在观众席上，当时的解说词我现在依旧记得：'二战前，织田干雄在这里打破了三级跳远的世界纪录，这个会场也因而被世人熟知。会场内的电子显示屏高七点四米、宽二十五米。屏幕上有十列、五十行的显示单元。'诸如此类。因为奥运会刚刚闭幕，赛时那种紧张热烈的气氛还没有散去。"

在奥运会刚结束的东京，不仅在竞技场内，整个城市的街头巷尾都依旧洋溢着对运动的热情和对成功举办国际赛事的自豪。长谷井她们把这些梦想的印记传达给了车窗内的游客：

"以举办奥运会为契机，东京街头焕然一新。比如，原先青山大道的路宽仅为现在的一半，路面上还会驶过东京都的路面轨道电车。后来，因为青山大道被选为奥运会专用道路，路面电车被撤走，同时路面也被拓宽了。电车撤走后，铺在轨道下方的石头被挪到了代代木室内游泳场（现为代代木第一体育馆）的玄关前重新铺设。在观光的过程中，常常能亲眼见到这些改变。

"还有首都高速中央环状线的筑地隧道，那是举办奥运会那一年，通过填埋筑地川而建成的高速公路。当时道路的左右两边仍清晰地残留着水洼和水苔。我还记得，聊到这里时，乘客们纷纷望向窗外，大呼不可思议。"

女生宿舍的四人房间

过去人们的兴趣集中于休闲场所，奥运会之后，开始渐渐转移到完全改头换面的东京城市景观上。鸽子巴士自然没有错过人们在观光喜好上这一改变。新推出的路线包括在丸之内的高层建筑上欣赏绝佳的夜景，或是在急速扩张的高速公路上惬意地兜风。只要经过鸽子巴士的包装，正在发展中的东京街头瞬间就能变身独一无二的观光景点。

东京奥运会不仅使游客的喜好产生了变化，也使被视作公司招牌的巴士导游们发生了变化。长期以来，鸽子巴士只录用来自关东地区的女性，但随着观光巴士数量的不断增加，录用范围也扩大到了全日本。当时发生的事，长谷井还记得非常清楚：

"当时巴士导游的招募条件为身高一米五以上，不戴眼镜，对容貌仪态也有一定要求。实际上，前辈们几乎都美得像女演员一样。当时的录取率低于百分之十。和我同一年进公司的女孩，有来自鹿儿岛的，青森县的，全国各地的都有。我自己出生于横滨，所以当时能听到全国各地的方言，感到十分新鲜有趣。大家聚在一起聊天，免不了会染上其他人的口音，因此总是挨老师的骂。"

当时，导游们大多数是高中学历。高中毕业典礼结束后，就一齐集中到公司本部，在正式上岗之前，接受为期一个半月的严格培训。外地来的女孩全部住进位于立会川的女生宿舍。在小得几乎只能铺下被褥的四人房间内，大家互相鼓励、互相支持，共同度过了培训期。长谷井回忆道：

"最难的还是背教材。导游们对乘客讲解的内容自然是源自教材，记录下所有讲解内容的教材足足有三厘米厚，叫人叹为观止。不管是以前还是现在，新来的导游都必须把整本书背下来。实习期开始后，新人会和负责教学的前辈以及公司的高层一起登上巴士，然后新人轮流进行观光讲解。因为不知道巴士开到哪里时会轮到自己上场，所以全部的内容都必须牢记在心。新人里还有不擅长记忆的女孩，高层用‘我记得你老家是做生意的吧’这种话，委婉地辞退了她。但大家就是在这样的压力下，强忍着眼泪努力坚持了下去。因为在当时，就像空姐和百货公司的导购一样，巴士导游也是人人艳羡的热门工作。大家都下定决心，一定要成为导游。”

长谷井自己也同样抱着坚定的信念，立志成为一名巴士导游：

“高中毕业旅行的时候，负责给我们带队的巴士导游小姐非常热心。她扎着利落的马尾辫，漂亮极了。当时我看着她的身影，暗下决心，自己也一定要成为那样的人。但我的父亲是一个非常严厉的人，他让我赶紧嫁人，工作的话找一份普通的文职就可以了。因此我是瞒着父亲参加录取考试的。即使在我进入鸽子巴士工作以后，很长一段时间里依然得不到父亲的认可。”

长谷井作为巴士导游工作到了三十三岁，之后退居二线负责新人导游的培训。为了照顾父母，她在五十五岁时辞去了工作。不过，十年前公司推出了鸽子巴士六十周年特别路线，邀请长谷井出任导游。她终于再次握起了麦克风：

“我再一次强烈地感受到，自己确实是喜欢巴士导游这份工作。我至今都认为，这是一份全心全意为游客服务，让游客尽情享受旅程的工作。”

长谷井的这番话情真意切。在她回忆“至今难忘的游客”时聊起的一个小故事便是很好的例子：

“1968 年的时候，成田山新胜寺建成了新的正殿，公司推出了相应的参观路线。某一次，有一位年纪很大的游客，到了目的地以后，不知为何不与其他人一起下车。我上前询问之后才知道，原来这位游客腿脚不灵活，实在爬不了通往正殿的台阶，为了不给其他人添麻烦，决定坐在车里等大家回来。于是，我决定背着这位游客爬上正殿。等回到巴士的时候，手一直抽筋，根本握不了麦克风。过了几天回到公司，那位游客特地给我寄来了谢礼，是一件刺绣的女式衬衫。实在太漂亮了，我一直都舍不得穿。"

"还是通天阁更好"

2018年5月5日，我登上了从东京站出发的"东京半日游A路线"观光巴士。听说4月份进公司的新人导游们已经熬过地狱般的培训陆续上岗了，所以我特地来看一看这些长谷井的后辈们的表现。

此刻手握麦克风的高桥实穗（18岁）来自岩手县花卷市。她可爱的脸蛋白里透红，是一位典型的东北美人。巴士从东京站出发后，她先是做了自我介绍，然后向游客说明了各注意事项。巴士驶上公路后，她配合着窗外的风景，一一讲述有关东京历史的小故事。

这是高桥第六次登上巴士解说。我询问道："紧张吗？"她苦笑道："虽然已经渐渐习惯了，不过只要说错一次，后面的内容就好像全忘记了。稍不留神还会冒出乡音，这些地方都得多加注意。"连午休的时候，她也只是随意吃了两口午饭，马上又开始温习教材上的内容。

她的前辈长谷井也说过类似的话：

"刚开始做导游的时候，几乎就是照本宣科，根本不可能在解说里插入一些即兴的内容。解说的时候被游客打岔是最头疼的，尤其是关西来的游客，特别难应付。说起东京塔，他们会说'还是通天阁更好'，到了银座，他们又会说'还是心斋桥更热闹'。还是新人的时候，只要被游客这样一打岔，接下来要说什么就完全记不起来，实在是头疼。从关西来的游客一般会搭乘从东京站出发的巴士，所以每到从东京站出发的日子，心情就有些沮丧。与之相反，在从上野站出发的巴士上，往往以东北地区的游客居多，自己的心情就好多了。因为来自东北的游客在车上都很安静，只是默默地听着导游讲解（笑）。"

巴士开始驶向终点的东京站。虽然时不时有一些小插曲，高桥还是顺利地完成了此次出行的解说。在离车站越来越近的时候，她唱起了歌曲《东京的巴士女孩》，这是鸽子巴士导游的传统表演曲目。虽然高桥的声音听上去有些紧张，但车内的游客们都为她拍手伴奏，年纪较大的游客中，还有人一起出声哼唱。

过去，巴士导游的录取率只有百分之十，甚至百分之五。但到了近年，录取率早已大大提升。现在，巴士导游已经不能被称为"热门工作"了，那么，高桥为什么会选择这份工作呢？

她告诉我："自己本来就比较喜欢服务行业，在老家岩手县的话，就只能找到超市导购之类的活。后来高中的老师向我推荐了这份工作，我心想，做巴士导游也不错吧。"

根据她的描述，在三十二个同一批进公司的女孩中，有不少人是因为没有更好的选择才成为巴士导游的。我不由得疑惑，既然对这份工作没有那么大的热情，那她们是如何熬过那地狱般的培训期的呢？

"背诵教材是很辛苦，但也没有办法，只能硬着头皮背下去。不过一旦上了巴士，总会有办法的。"高桥如同大多数出生于平成年代的年轻人一样，轻描淡写地讲述着自己的工作。我原本期待着饱含辛劳与泪水的心路历程，听到这里，仿佛像是扑了个空。

采访结束前，我最后问了一个总结性的问题："在你看来，巴士导游是一份怎样的工作呢？"原以为她同样会给出一个不痛不痒的答案，但她的反应完全出乎我的意料。

"我作为一个只实战过几次的新人，说这种话可能太自以为是了吧。但我认为，对于这份看上去很光鲜的工作来说，努力是比什么都重要的。我原以为，乘客们并不会特别在意我们说了什么。但后来我发现，如果自己做得够好的话，通过他们听我讲解时的反应，可以清楚地感受到我的付出被乘客们看在眼里。为了让乘客们能够更好地享受每一段旅程，我一定要更努力才行。"

说到这里，她的眼中突然盈满了泪水，一颗一颗扑簌簌地往下掉。

"不好意思，我总是忍不住就会哭。第一次登上巴士解说的时候也是。回到公司，一看见老师的脸，就忍不住哭了起来……"

这张还像个小女孩般哭泣的脸庞，实在让人难以想象直到刚才她还手握麦克风，站在超过四十人的乘客面前解说。是啊，她只是一个年仅十八岁，来东京刚满两个月的女孩子啊。一想到她站在众人面前时，内心怀着怎样的不安，我也不由得鼻子一酸。

等哪一天换上柠檬黄的制服，她们就将成为正式的巴士导游。每一天都将穿过东京街头，与无数人相遇，逐渐成长。真正的考验在这时才会到来。前辈们曾在她们即将踏上的职业道路上，突破了一个又一个比地狱式培训还要辛苦数十倍的难关。

正是因为游客们源源不断地登上巴士，《东京的巴士女孩》这首歌才会诞生。正是因为有了东京这座城市以及城市里的人，鸽子巴士的导游才绽放出足以为东京观光增光添彩的魅力。

汽油补给交涉人员

不仅巴士导游们切实地感受到了东京的今昔对比，每天和她们一起穿梭在东京街头的巴士司机们，也目睹了这座城市的瞬息万变。

森山幸与（72 岁）在 1970 年进入鸽子巴士公司，担任驾驶员一职。他坐在驾驶席上见证了东京和这家公司的变化。

"我原本在运输公司当司机，但一直很向往观光巴士的驾驶员，所以在二十四岁的时候跳槽到了这里。在当时，一说起观光巴士的驾驶员，那可是人人都会称赞一句了不起的工作。如果在路上碰到了观光巴士，一定会给他们让路。毕竟载着乘客的车和载着货物的车，那可是天壤之别。给他们让路以后，观光巴士的驾驶员会挥一挥白色的手套以示感谢。那样子可真是帅气，当时的我羡慕极了。"

得偿所愿成为观光巴士驾驶员后，森山开始在东京近郊开车。当时的路标十分不清晰，所以他只能凭借直觉小心翼翼地前行。

"当时到处都在修建新路，连地图都没有，所以经常走错路。就算前辈在前面带路，有时候还是会跟丢。这种时候就得查看残留在地面上的轮胎印或是尾气的痕迹，'原来往这边走了！'如果碰上第一次走的路，就会画下地图，带回公司和所有驾驶员分享。要是不这么做的话，根本就追不上东京变化的速度。现在有了导航，确实是方便了很多。不过还是有很多查看不到的信息，比如有的路大型巴士无法通行，有的路停车不方便。碰上这种地方，驾驶员们依旧会亲手绘制地图，带回公司和大家分享。公司里还保存着至今所有手绘地图的文档，所有的驾驶员都可以借阅。在那个极不便利的年代里养成的这一习惯，驾驶员们至今都没有扔掉。正因为这样，才能一直为乘客提供安全舒适的出行。这对于我们这些一路打拼过来的老驾驶员来说，是莫大的骄傲啊。"

随着全国上下对奥运的热情逐渐消散，鸽子巴士的业绩开始下滑。此外，由于大量高速公路的开通以及私家车的迅速普及，观光巴士的需求骤减。雪上加霜的是，1973 年爆发了石油危机，导致燃料供应不足，于是公司不得不削减定期观光路线的数量。

当时，森山迈入了在鸽子巴士工作的第四年。在东京都内的观光路线中累积了一定的经验后，他逐渐开始承担去往外地的长途驾驶工作。

"当时还没什么人开长途，所以几个驾驶员轮流负责开车。在石油危机那会儿，主要是要轮流'交涉'加油的事（笑）。因为只要去了外地，就没人乐意卖油给我们，都说什么'本地人优先，我们不卖给外地来的人'。没办法，只能低下头恳求，诉苦加不到油就没法撑到东京。就这样才勉强卖了我们三十升，接着去下一个加油站交涉，再加三十升。一点一点加油，好不容易才能回到东京。加上当时的巴士马力不足，要是在高速上熄了火，那可真是要命！从这个层面上来说，石油危机倒是促成了观光巴士的技术革新。那之后，巴士的油箱大幅扩容，马力也显著提升，因此我们才能安心地开长途。巴士改进以后，开往外地的路线也增加了不少。"

受石油危机的影响，鸽子巴士一度经营低迷。虽然在之后到来的泡沫经济时期，公司业绩也大幅好转，但随着泡沫的破裂，整个休闲旅游行业都受到了冲击。在 1995 年，又相继发生了阪神大地震以及东京地铁沙林毒气案件。在这样的社会背景下，鸽子巴士陷入了严重的经营危机。

为了走出困境，鸽子巴士重新调整了所有的观光路线。在负责路线制定的企划课的提议下，公司撤销了许多制约路线创新的规定，比如"每日发车"的硬性要求以及乘客人数限制等。同时，推行灵活的观光路线和行程。有了这样巨大的改变，2006 年以后，公司业绩奇迹般地好转了起来。

焕然一新的鸽子巴士推出了一个又一个经典的观光路线。比如，在"东京纪行·昔日街景"路线中，利用 GPS 的技术，在巴士内的屏幕上重现途经场所当年的景象。而"东京起飞·日本航空（JAL）工厂参观及直升机体验"的卖点，则是羽田机场的机体修配工厂这一闲人免进的"神秘场所"。这些路线好评如潮，游客们纷纷表示："这样精彩绝伦的东京游只有在鸽子巴士才能体验得到。"这些新颖的观光路线独一无二，即使曾多次到访东京的游客也能从中得到远离日常生活的全新体验。正是这些畅快的旅行使人们一提起东京观光，必定会想到鸽子巴士。

在歌舞伎町变身灰姑娘

2018 年 6 月 2 日，我参加了近年颇具人气的"川崎工厂夜游"。在这个始于 2010 年的旅游项目中，游客将参观地处京浜工业区中枢地带的川崎市临海地区，并在此观赏夜景。几年前，"工厂夜景"这一概念火爆一时。不过在鸽子巴士刚推出这个旅游项目时，几乎只有"工厂迷"才知道何为工厂夜景。可以说，正是这个旅游项目造就了"工厂夜景热"。

傍晚，巴士从东京站出发，穿过多摩川，驶向川崎。下车后，我们来到了位于川崎市浜町的韩国城，在这里享用了烤肉，稍事休整后便出发前往夜景胜地。此次夜游的参与者有年轻情侣、中年夫妇、女子三人组、带着孩子的大家庭，以及独自前来、似乎是夜景发烧友的男性，游客的人员构成颇为丰富。

晚餐后，一位对工厂夜景十分熟悉的导游登上了我们的巴士。这位导游姑娘从精神面貌到说话方式，无不透露着一股工厂夜景发烧友的劲儿。当车窗外出现工厂的烟囱群后，她用资深发烧友的口吻，开始了热情洋溢的解说，比如"那是我喜欢的烟囱"，又比如"那根管道绝对值得一拍"。之后，我们登上对外开放的瞭望台欣赏落日（我们正好赶上了夕阳落入地平线的那一刻），近距离感受工厂带来的视觉、听觉甚至嗅觉上的震撼，仿佛进入了工厂夜景世界的最深处。在这场夜游中，最精彩的莫过于在川崎港眺望一架架飞机盘旋于沿海工厂群和羽田机场上方，即将降落或是起飞。而这个眺望点竟然是某家仓储公司的楼顶。这里原本不允许员工以外的人进出，在鸽子巴士坚持不懈的请求下，才同意对游客开放。

"川崎工厂夜游"果然让人大饱眼福。除此之外，鸽子巴士还推出了一系列极富娱乐性的观光项目，比如"和说书人一起夜访都市怪谈之地"，以及体验歌舞伎町牛郎俱乐部的"今夜您将变身灰姑娘"等等。充分展现了其卓越的观光策划能力，甚至连东京本地人都会被这些旅游项目吸引。鸽子巴士能保持人气不减的秘密，可能就在于此。

现在，鸽子巴士在东京近郊的定期观光方面，每一个季节都会推出不同的观光主题，全年运营着约两百条不同的观光路线。令人惊讶的是，负责策划这些路线的企划课居然只有三名员工。镜邦宽（30岁）于2017年的秋天被分配到企划课，现在他正忙着准备即将在秋天推出的新路线。

"在开会的时候，大家会提出各自认为不错的景点、娱乐设施或是一些关键概念，通过整合这些内容来完成新的策划案。比如，在策划'年末金运祈愿大型彩票游'时，首先一到年末人们就会想起彩票，我们便以此为切入点，各自提出建议再进行整合，比如'求开运的灵应福地巡礼''求福气的河豚料理午餐'之类的。此外，根据已公布的中奖情况，我们会在评价较高的彩票销售点设置专用通道，确保鸽子巴士的游客购买彩票时不必排队。在吸引消费者时，营造出这种只有在鸽子巴士才能享受到的豪华感也极为关键。"

主题紧扣时代的潮流，再加上丰富的观光内容，最后点缀上诱人的"鸽子巴士游客限定"，这便是近年来鸽子巴士打造人气观光项目的公式了。那么，这样极富娱乐性的观光策划是从何时开始的呢？

"公司刚成立的时候，主推的路线还是传统的东京观光游。随着时代的发展，观光的内容也不断变化。在经济高速增长期时，以休闲设施为卖点的路线备受追捧。到了泡沫经济时代，我们直接把游客送到当时的人气迪斯科舞厅'朱莉安娜东京'门口。此外，仅限女性的婚纱试穿摄影体验游当时也十分火爆。每个成功的策划，都充分展现了当时的时代风潮。"

而在当今的时代背景之下，鸽子巴士又瞄准了川崎的工业区和隐藏在东京街头的怪谈之地。

企划课的镜继续说道："说实话，在东京这块有限的空间里，不断搜寻出新的观光胜地，着实不易。在当今这样的时代里，每个人都可以十分便捷地获取最新的旅游信息，所以即使我们不断追着潮流跑，也不一定能吸引游客。所以我们将目光转向了那些平时难以踏足的场所，也许可以从中挖掘出意想不到的乐趣，比如工厂夜景之类的，也可以把这些地方称为尚待挖掘的东京秘境吧。"

原来如此。既然在东京已找不到新的观光景点，那就改变视角，打造一个新的景点。

比如最近有一个项目是参观尚在建设阶段的新国立竞技场，人气很高。乍一听，那不过是施工现场而已，怎么能拿来当作卖点呢？

"期间限定的都市秘境。错过了现在这个时机，之后将再难目睹完工前的竞技场。"

2018 年 6 月 10 日，我参加了镜策划的观光项目，该路线名为"东京建筑设计"。虽然这一天下着大雨，但巴士内约有七成的入座率。从东京站出发后，第一站来到了位于新国立竞技场旁边的日本青年馆酒店，登上酒店的顶楼遥望竞技场的施工景象。之后前往台场，搭乘由知名漫画家松本零士设计的观光汽船"HOTALUNA"，沿着隅田川开至浅草。接着登上由隈研吾设计的浅草文化观光中心的屋顶，眺望雷门和仲见世商店街。最后一站为东京的天空树，参观了平时完全见不到的建筑物底部构造。全程都从"建筑设计"这个角度出发，带领游客遍访东京各知名景点，乐趣无穷。

这趟行程的亮点自然是施工中的新国立竞技场，不过最让我震惊的还是观景的地点。巴士到达位于明治神宫外苑的日本青年馆酒店后，接待员指引我们进入了位于酒店顶楼的特别套房。房间的窗外便正是停着一排排起重机的竞技场。实际上，这个特别套房是鸽子巴士企划课找到的最佳竞技场观赏位置。为此他们与酒店交涉，请求对方同意将此地加入这次的观光项目中。不过，当我回头看到其他游客正争相拍摄起重机忙碌工作的施工现场时，还是产生了一种超现实的感受。

.

未来照进车窗内

这么一想，五十四年前，在奥运会闭幕后和长谷井一起参观了比赛场馆的游客们，会不会也给人这样的感觉呢？过去，"进城的农村人"坐在国立竞技场的观众席上拍照留念，即使场内早已没有一个参赛选手。和他们一样，现在站在我眼前的这些游客，也在以尚未成形的竞技场为背景，用手机记录下此刻的笑容。

询问后发现，每个人参加这次观光的理由都不尽相同。一位独自出行的女士来自福井县，她告诉我："我是陪丈夫来东京出差的。白天一个人待着没什么事做，所以他让我试试坐鸽子巴士。"从广岛县来的四位男性是建筑公司的同事。他们说："因为和自己的工作息息相关，所以参加建筑相关的旅游项目，便可视作出差研修，而不是简单的员工旅游，所以预算更容易批下来。"实在是门槛很精呢。一对从大阪赶来的母女是鸽子巴士的常客。最初是因为方向感很差，为了更高效地享受东京之游所以才搭乘鸽子巴士。体验过一次后母女俩都惊叹远比想象中有趣，自那之后便成了回头客。

通过简单的交流，我发现游客中有各式各样的人。让我印象最为深刻的是，当我问起"为什么选择'东京建筑设计'这条路线"时，大多数人的回答都是"很想知道新的竞技场会建成什么样"、"很期待新的东京奥运"。

二战已过去了约七十年。东京实现了惊人的战后复兴，经历了经济高速增长期和东京奥运会，之后又走过了石油危机和泡沫经济。今天，东京又将于 2020 年第二次举办奥运会，这里必将再次迎来翻天覆地的变化。

鸽子巴士在这七十年间，行驶于东京街头，见证着这座城市的起起伏伏，敏感地捕捉着时代的气息，孕育出了总是走在时代发展半步之前的东京观光路线。但的确，在东京，尚未开发的观光之地所剩无几。在这样的情况下，鸽子巴士还能长盛不衰的理由，自然是因为抓住了人们在认知上的好奇心，不断挖掘出了人们内心尚未被意识到的"兴趣所在"。在电视旅游节目《闲走塔摩利》中，每到一个景点，主持人森田一义（艺名塔摩利）总是信步于其中，对那里的风土人情和历史渊源侃侃而谈。这档节目得到了很多观众的喜爱，想必也是因为在森田的引导下，我们的好奇心被不断激发出来的缘故。

在接下来的日子里，东京又会变成什么样呢。鸽子巴士正在向未来驶去，那时的东京街头，想必可以看到停满起重机的奥运竞技场，以及为了一睹其风采从国内外赶来的游客吧。在 2020 年奥运到来之时，东京也许会洋溢起前所未有的热烈气氛，再次给人们带来狂喜与希望。

战后，穿行在遍地废墟之中的鸽子巴士，为当时正在重建生活的人们带去了勇气与梦想。现在，当我看见行驶在东京街头的鸽子巴士时，也和七十年前的人一样，感受到了一股希望。甚至会不由得想，不管发生了什么，只要鸽子巴士还在照常运行，东京就不会有事。在它的前方，正渐渐浮现出一个比过去任何时刻都更加耀眼的东京。

作　者

小林百合子，编辑，随笔作家。1980 年出生于兵库县。曾在纪录片制作公司及出版社工作，现为独立撰稿人。著作有《山与山中小屋——十七家周末精选》《山间小屋的灯》《生物的人生咨询室——能从动物们身上学到的四十七条人生哲学》等。

八丈岛的渔夫和青梅的猎人

东京的南北两端残存的野性时空

服部文祥

八丈岛的渔夫赤间（左）与笔者

一头鹿被青梅的猎人捕获

※

◆东京都八丈小岛宇津木横濑根：
与东京都厅直线距离约三百公里的海岸

"它来了，它来了。快跳海里来！"

赤间宪夫（70 岁）从海面下抬出头来向我喊道。他刚以娴熟的动作跳入海中，离开船还不到十秒。

赤间仿佛是在窥探海面下的情况，再次俯下身体，一动不动。海面下有动静。我犹豫了，手拿鱼叉的我也应该跳进海里吗？还是应该在船上观察赤间捕鱼呢？我一边侧目观察着赤间的动作，一边戴上了潜水服的头套和潜水镜。

只见赤间如深深鞠躬一般，弯下腰潜入了水中。不过他的潜水脚蹼还露在水面上，可见并没有潜得很深。从他身体的动作来看，鱼叉已被掷出。接着，他迅速收回了鱼叉，脸甚至都没有探出水面。鱼叉的尾部激烈地晃动着甩出了水面，从尾部摇摆的幅度和赤间紧紧抓住鱼叉的动作便可知，捕到了一条大鱼。

"你在干什么呢，快过来。章红鱼可要溜走了！"从水面下探出头来的赤间再次大喊道，"快过来。快快快！"

赤间的声音里甚至能感受到一丝怒气。他催促我一起来捕鱼，毕竟这么幸运地碰上了洄游的章红鱼，自然要多抓几条。

我赶紧套上脚蹼，戴上防滑的潜水手套和护目镜，咬住潜水呼吸管，纵身跃入水中。从潜水服的缝隙中钻进来的海水很是冰冷。

※

在登山时，我希望尽可能凭借自己的力量爬上山，所以一般直接在山上寻找充饥的食物。在此基础上，我还开始了狩猎。如此以来已有十二年。

如果生活在城市里，仅靠自己一个人打猎的行为来获得食物十分罕见。不过，一旦开始了极限登山（登山时的饮食靠就地取材），一个人的世界观便会受到极大的冲击，甚至可能产生根本性的改变。

这种冲击的核心便是"杀生"。通过杀生这种行为，人既会产生获得食材、延续生命的快感，也会产生为了自己的生存而剥夺了另一条生命的罪恶感。这种矛盾的想法堪称人的原罪。

在肉类及鱼类的消费规模方面，全球几乎没有哪一个城市可以和东京匹敌。从快餐到高档料理，消费者完全不会参与到"杀生"的过程中。不过在东京，其实也有人从事着直接夺取生命获得食材的工作。甚至东京的山和海，也是战果丰富、历史悠久的狩猎场所。

在东京这样的城市里，能亲手杀生的人只占少数，他们拥有着独特的生死观和捕猎哲学。比如，一个普通的司机，如果在奥多摩的国道上看见鹿撞上了自己的车，趴在地上，恐怕会面露不快。但要是换成一个专职捕猎的人，或许会喜上眉梢："不知道味道怎么样？"在东京的土地上，居住着像这样世界观完全不同的人。

一百多年前，即使是在东京，自给自足的人也不在少数。当时有很多像这样生活方式略显野蛮的人，看见受伤的动物，首先会考虑它的味道怎么样。直到今天，狩猎者们依旧顽强地生存在都市的某个角落。为了与这些历史变迁的见证者会面，2017年的初夏，我走访了东京的南北两端。

与章红鱼群对峙

我每天主要的活动就是登山和打猎，身边还有不少玩潜水叉鱼（spearfishing）的朋友。听其中一个朋友介绍，据说在八丈岛有一位以捕鱼为生的行家可以徒手潜水叉鱼。

徒手潜水叉鱼是指屏气潜入海水中，用鱼叉刺鱼，其冲击力仅来自拉开一根粗橡皮筋时释放的弹力。先在海面上浮潜，徘徊在鱼群可能出没的岩礁旁，再不断地潜入水中，发现目标后，一点点靠近，找准时机刺入鱼叉。根据鱼的种类，潜水的深度会有所不同，不过一般在十到二十米。徒手潜水叉鱼时，捕得最多的还是岩鱼〔一〕。此外，条石鲷、斑石鲷和石斑鱼等味道鲜美的鱼类，也容易被鱼叉刺中。常在海底出没的比目鱼也是绝佳的目标。

不过，此刻出现在赤间眼前的是大型章红鱼。在他略带怒气的催促下，我也赶紧跳入了海中。

我们周围的水深超过了十米。虽然已经使用了较轻的配重块，使

〔一〕　　岩鱼：主要栖息在海底的岩礁及海草附近的一种鱼，移动范围狭小。

自己保持漂浮的状态，但置身于脚无法着地的深海之中，多少还是令人害怕。将这股淡淡的恐惧压在心底，我轻轻地蹬了下脚蹼，低头一看，身下已完全是淡蓝色的世界。

一道蓝白相间的光线迅速从我的眼前直闪而过。这是我第一次目睹大型章红鱼的鱼群，它们小幅摆动的尾鳍正隐隐发出"咻咻"的声响。

在水下往右边一瞧，被赤间的鱼叉刺中的章红鱼正在拼命地挣扎着。从它的伤口处渗出的血，像紫色的烟雾般弥漫在海水中。连着浮标的鱼篓里已挂着两条章红鱼，原来这是赤间刺中的第三条章红鱼。

几十条胖乎乎圆鼓鼓的章红鱼从我眼前游过，仿佛一伸手便可触及。它们并不怕我，若无其事般地在水中游动，好像在观察人类这种陌生的生物。"章红鱼的好奇心很强"，昨晚，赤间向我多次提起过这种习性。

我一把抓住由碳纤制成的弹出式鱼叉的正中间，另一只手拉紧橡皮筋。这根橡皮筋的另一端连着鱼叉的尾部，所以只要一松手，依靠橡皮筋的弹力，鱼叉便会一下子飞出去。

我用力冲出了水面，下半身依然泡在海水中，将鱼叉对准眼前这条章红鱼。它的右眼正紧紧地盯着我。瞄准鱼身正中间，我松开手射出了鱼叉。

只听见"砰"的一声，水下一阵晃动，我看见鱼叉顺利地刺中了章红鱼。血从它的伤口处汩汩流出，融入海水之中。我探出海面一次后，往船停靠的方向游去，同时收回了水下的鱼叉。

靠近船后，我紧紧地抱住章红鱼，用手指扯下它的鱼鳃，血顿时像烟雾似的四处喷溅。一瞬间，我的视野里浸满了这股红色。放血这一步骤能使捕上来的鱼更加美味。这么大一条鱼，可能有七十厘米长吧。我拔下鱼叉，把鱼放进了船内。

这是我捕到的第一条章红鱼。但现在还不是满足于这点成绩的时候，鱼群还在不远的地方洄游。

在潜水这件事上，我不会输给任何人

章红鱼的鱼群渐渐散去，我们回到了船上。与它们对峙了约十五分钟，每一秒钟都让人心潮腾涌。最终，赤间捕到了七条，我四条。我们已不像猎物近在眼前时那样高度兴奋了，船上的气氛温和而愉悦，赤间也变得健谈起来："真正的渔夫啊，中学一毕业就得上船。我还算不上真正的渔夫。"

这让我有些惊讶。因为对于赤间展现出的捕鱼技艺，我十分佩服，而且我明白这不过是他全部本领的冰山一角。他继续说道："如果没有趁年轻、学习能力强的时候，早早习惯船的特性，掌握捕鱼的知识和技巧，锻炼出能当渔夫的体魄……"

我明白他想说什么，不这样做，就无法成为一名一流的渔夫。而且赤间和我们一样，也正坐在这条渔船上。他也许认为，要靠出船才能完成捕鱼，就远远还没有达到能挺起胸膛说自己是一名渔夫的水平。

"正因为这样，我才希望在'潜水'这件事上不输给任何人。"

赤间的父母原本居住在硫磺岛上，但随着太平洋战争的白热化，硫磺岛逐渐成为了军事要塞，所以他们移居到了本州。不过赤间在出生不久后，便住到了八丈岛上，这是一片离他的故乡硫磺岛很近的日本领土。当时的小笠原群岛都受美方管辖。

"从小时候开始，我就一直在海边玩，钓钓小鱼什么的，但不是很擅长潜水。如果潜得深了，耳朵就会很痛。"

四十多年前，大学毕业的他回到了八丈岛，那时候才二十刚出头。一位来自鹿儿岛奄美的熟人教会了他在潜水时保持耳压平衡的方法。自那之后，赤间就能够潜得比谁都深。

在世人为经济高速增长期欢呼雀跃时，没有本钱的赤间为了糊口，开始了潜水捕鱼。他本来就喜欢追捕猎物，再加上在大海中不断挑战体力的极限，捕鱼技艺也越来越熟练。

"风平浪静的时候，我每天都出海，一半是为了谋生，一半是训练。但潜水不是主要的目的，捕鱼才是，正因为有猎物我才会潜入海中。当然这也是有危险的，毕竟是要夺走其他生命，危险自然在所难免。"

上个世纪 70 年代，筑地市场流传着一种说法，在八丈岛捕上来的鲣鱼是全日本最美味的。为此，岛上的鲣鱼生意一度十分红火。但从 12 月开始至来年 3 月，岛上便进入休渔期，渔获量大幅减少。

在这样的淡季，赤间把汽车的板簧改装成三齿鱼叉的叉头，将其插入填充满电话线的铁管的一端，便有了一个简易的自制鱼叉，可以用它来捕小鳞黑鲏。赤间的叉鱼生涯就此开始了。岛上的人都很喜欢鲏鱼，因此在鱼店总是能卖上好价钱。当时，在八丈岛周围，有不少七八十厘米长的鲏鱼。

"在手臂上系上一个防水手电筒，晚上也会去叉鱼。鱼会因为手电筒的光亮而晕眩，所以从它视线后方刺下去即可。当它'噼——'

一声张开嘴巴时，就说明刺中了要害。这时候拔下鱼叉，再瞄准另一条。潜入海水一次，便可以收获两条鱼。因为以前啊，到处都是鱼。"

当时，在八丈岛附近的海域内，生长着大量石花菜，可用来制成洋粉及琼脂等食物。为了采集石花菜，必须得戴上潜水罩，通过船上的空气压缩机来获得氧气。这样的水下作业方式是岛上的主流，不过赤间还是更喜欢那些无法使用呼吸管的潜水作业。

"船老大大声呵斥我，我也不管。潜到海里，放置好龙虾的捕捞筐，捕到了再收起，再放，再收……收成好的时候，一天的渔获量能值三十万日元。为了捕章红鱼，天还没亮，我就会在海上浮潜，只有银带鲱的鱼群与我为伴。在章红鱼的鱼群出现之前，我会一整天都浮在海上静静等待。'它们来了！'我赶紧一边游一边收起渔网，和船老大打眼色配合，将章红鱼一网打尽。"

赤间和船老大两个人一直都合作无间。毕竟，人越少，分到的收成也就越多。不过有时候捕上来的章红鱼足有一吨重，这种时候就得匆匆忙忙跑上岸找人帮忙。

因为海是有生命的

八丈岛上的环境与以往早已不同，在捕鱼的种类上也发生了很多变化。我想和赤间探讨这些问题，他却并没有什么兴趣，只是歪了歪头说道："海也是有生命的。"在赤间看来，渔民们与海的关系是无常的，即使今天大丰收，明天也有可能颗粒无收。想要从时间上，客观地分析海上的变迁，也许只是徒劳。

"过去啊，海龟也是很值钱的。可以卖给标本制作商做成工艺品。如果是那种龟壳又大又漂亮的，抓到之前就能预估出价钱。海龟肉也很美味，还可以做成很浓的汤底。不是说在欧洲，只有贵族才能喝到用海龟熬成的汤嘛。"

赤间还抓到过超大型石斑鱼，大赚了一笔。那条鱼太大了，甚至都没法放到称重台上。

"尾鳍垂在地上时称重为一百四十公斤，所以全身能有一百五十公斤重。不过身体硬邦邦的，味道不是特别好。"

过去，八丈岛的海岸边到处都是大石斑鱼，但现在已经很难看见了。

我开玩笑道："是不是赤间先生捕得太多了啊？"赤间笑了："光靠叉鱼是不会把鱼都捕完的。"

如果使用渔网的话，会把还没长大的以及数量变少的鱼也捕上来。但叉鱼时，得瞄准目标，所以捕鱼量能控制在必要范围内。并且，只是凭借一具肉身来捕鱼，对鱼来说也更公平，对生态环境的影响也更小。

"全球变暖到底会有什么影响，我是不懂，但鱼确实比以前小了很多。不过，渔民们捕得太猛确实也会导致鱼长不大啊。"

现代式捕鱼法是如何普及的，我们不得而知，但水产资源确实是在以肉眼可见的速度变少。此外，还出现了被称为海洋荒漠化的现象，八丈岛附近海域内的石花菜大幅减产。在上世纪 90 年代前半期，石花菜产量可达五百吨，现在已近乎零。不止石花菜，过去为岛上渔民带来巨大收益的飞鱼以及圆鲹也大量减产。昭和五十七年（1982），八丈岛的渔业迎来了最辉煌的时刻，包括相关产业在内，总销量达到了约二十亿日元。到了平成二十六年（2014），该数字已降了一半，仅有九亿日元。连渔民的数量也仅剩一百多人。到今天为止，在东京范围内，八丈岛的渔获量还可以称得上数一数二，但日渐衰退之势也已一目了然。

赤间曾在福井县举办的日本徒手潜水捕鱼大赛中获胜，还曾代表日本参加过被称为"蓝色奥运"的世界徒手潜水捕鱼大赛。

"为了能够徒手潜水捕鱼，大家都下了苦功夫，琢磨技艺，互相切磋，着实是一桩好事。"

长时间、反复的闭气潜水，会对身体造成激烈的疼痛感，甚至还有溺水的风险。赤间在介绍这种徒手潜水叉鱼方式时，不断地提到了"运动"这个词。

人类这种陆生生物在水下无法呼吸，所以只能闭气潜入深海中。在水下自行判断目标，与它对峙，进而刺下鱼叉。鱼叉刺穿鱼身时产生的冲击力，会通过海水向自己的身体涌来。被鱼叉刺中的鱼会拼命扭动身体，激烈地挣扎，血流不止。这一连串的动作都只能凭借自己的肉身去完成。在捕鱼的过程中，既有发现鱼群时的惊喜，也有不得不杀生的残酷。赤间使用的"运动"这一词，正是包含了锻炼自我以及对鱼类相对公正的意味。

"光靠潜水潜得好是叉不到鱼的。得观察海，看清楚潮水从何而来，看清楚海底的动向，用整个身体去思考。目标在何处出现，得用自己的身体去感受。潜水的深度至多三十米。潜入水中，刺下鱼叉，再潜下去，再刺下去。在这样不断的重复中，有时会碰上大鱼。碰上潮水涌动的时候，就顺着水流寻找目标。如果无法游回一开始的位置，就先上岸，走回去，再潜下水。"

说着说着，赤间望向了远方。

"真想再回到年轻的时候，心无旁骛地捕鱼啊。"

◆东京都青梅市二俣尾：与东京都厅
直线距离约三十五公里的山中

大伙开始寻找野兽的痕迹，这个举动行话叫作"看破"。

时间刚过早上6点，从东京都内各地赶来的猎人们已经在用无线对讲机热烈地交谈了。他们在各自负责的不同区域内找寻着野猪的足迹和咬痕。四五月份的时候，竹林以及刚种下土豆的田地是他们勘察的重点。野兽常出没的林间小道往往会留下踪迹，从附近家有农田的居民那里也可以打听到很多重要的情报。比如"在学校附近见过"，"在古屋家的田里见过"，这些地方只有当地人才知道。又比如"去年老师抓住二十贯〔二〕重野猪的那片竹林"，这样的信息只有同伴之间才能听懂。

我以观摩有害兽类驱除行动为由，请求青梅猎友会允许我一起参加狩猎。虽说是参加，但我并不算队友，所以没有带猎枪。

领队似乎是一位声音低沉，被称为"泷先生"的人。在泷的指示下，同行的猎友会会长佐佐木善松从树林间往山下的居民区走去，进入了更深处的杂树林。经过山坡时，并没有发现新的脚印，所以他本

〔二〕　一贯约等于三点七五公斤。

打算原路返回，但以防万一，还是决定确认一下更里面的竹林的情况。

就在竹林里，他发现了野猪的咬痕，仿佛在说："今早吃了竹笋。"佐佐木欣慰一笑："幸好来这儿看了看。"

泷一听这情况，说了声"我来看看"，便关掉了对讲机。我既紧张又有些期待，这位领队到底会有多吓人呢？正当我这么想的时候，一位剃着寸头、身型矮小的大叔从一辆轻型卡车上走下来，看上去是个和善的人，举止也很大气，让人心情舒畅。

泷问道："发现了明显的咬痕？"

他的全名是泷嶋康广（67 岁）。打过招呼后，我询问他是否愿意接受采访，他只是"哦"了一声，几乎没什么反应。"要是昨天来就好了，抓了一头大野猪呢"，泷嶋这样小声嘀咕道。

捕猎向导的后裔

泷嶋出生于一个世世代代都在青梅担任捕猎向导的家族。

为了运送奥多摩湖工地上的土砂和石灰，多摩川沿岸的公路及青梅线在战前就修整得很好，与现在的水平相差无几。有了这条铁路，在昭和时期，住在东京都市区的富人常常来青梅打猎游玩。给他们做向导便是他祖父的工作。

"来的客人都是有钱人。大家都是出于好玩，打打鸟什么的。"

出生后没多久，泷嶋的父亲就去世了，是从事捕猎的祖父把他抚养大的，因此狩猎自小就是他生活的一部分。泷嶋同样爱上了在野外打猎，长大后自然而然也成为了一名猎人。

"小时候没什么可玩的，就是钓钓马苏大马哈鱼，玩玩气枪，追追兔子。我们家是从事捕猎的嘛，所以我初中的时候就一个人坐电车去换气枪里面的密封圈。我在二十岁的时候考了持枪证，所以已经拿了四十七年的枪了。"

猎友会的成员们很喜欢夸耀自己的领队："泷先生钓香鱼也是日本第一，没见过有谁钓过那么多。"

即使像泷嵨这样对青梅以及多摩地区的大自然了如指掌的人，一开始也只是打些小鸡小鸟，之后才从射击兔子开始，逐渐以大型猎物为目标。

"什么时候能一个人击中兔子的话，那么野猪、鹿也不再是问题。捕猎时，通过小猎犬发出的叫声预判兔子的逃跑路线，然后静静等待。要说有什么诀窍，嗯，只要向青梅的猎人们请教请教，很快就会明白这里的门道的。之后就是靠自己的思考和改进了。最重要的还是对山的熟悉。在捕猎兔子的时候，根本无章可循，完全是靠直觉。"

现在已经没什么特地雇用向导帮助自己打猎的有钱人了。不过，在多年捕猎兔子等野生动物的经历中锻炼出来的能力，使泷嵨成为了青梅有害兽类驱除行动的带头人。

"四十年前，青猎会的主要成员有五十个。当时我还很年轻，没法让大家把我当回事儿。"

五十年前，青梅猎友会在当地有超过三百五十名会员，现在只剩下五十人左右。放在全国范围看也是如此。在昭和五十五年（1980），共有四十五万人持有猎枪，而到了平成二十四年（2012），人数已少于十万。另一方面，在经历了东日本大地震及随之而来的福岛核泄漏之后，年轻人之间静悄悄地掀起了一股重新审视当下生活的风潮，他们对狩猎的看法也在逐渐转变。比如，在这十年间，女性猎手的数量翻了一倍，拥有陷阱捕猎执照的人数也在不断增加。不过，用猎枪的难度似乎还是太高了。

即使是在东京，野兽的数量也在不断增加。究其原因，首先是在东京都内对鹿的捕猎限制已实施了约三十年。雄鹿的捕猎限额为一天一头，雌鹿的捕猎则全面禁止。其次，全球变暖导致的降雪量减少以及狩猎人数的下降等因素，也使鹿的数量激增。而五十年前，在青梅几乎看不见鹿的身影。此外，野猪也开始破坏村庄里的农田。过去，在惯常的捕猎旺季，会有个别野猪接近农田，只消将它们逐个射杀，野猪的数量就能保持稳定。而现如今，仅靠这样的手段根本无法遏制野猪的激增。

据统计，近年来，全国范围内因野兽造成的经济损失约达两百亿日元。在东京，有害兽类对农林业造成的负面影响也在不断加深。因此，青梅猎友会收到了来自政府的捕猎请求，希望他们每年能捕杀六十头鹿及八十头野猪。为了完成这样的指标，泷嶋和同伴们一年中有超过一百天都在外捕猎。

※

泷嶋走进了留有野猪脚印和咬痕的竹林。

"这是吃竹笋留下的牙印。"

"时间应该是昨晚到今早吧。"

"嗯，是新留下的。"

如果破坏了"犯罪现场"，猎犬会难以分辨野猪的气味，所以他们尽量将发现痕迹的地方保持原样。发现了新咬痕的泷嶋似乎已经开

八丈岛的渔夫和青梅的猎人

始设想野猪在哪里睡觉了。

原以为他会马上安排同伴准备射击，并放猎犬去追踪。但没想到，泷嵨回到了卡车上，往山的另一面开去了。如果在那里找不到新留下的脚印，那么吃完竹笋的野猪还在竹林周围徘徊的可能性就会大大提升。

我感叹道："您的'看破'工作做得真是细致啊。"

"是吗？毕竟青梅不怎么下雪嘛。"

有积雪，就容易分辨野兽的足迹，没有就极为困难。因此，能在降雪量小的地区从事捕猎，必定拥有高超的"看破"水平。

在用猎枪捕猎时，猎人们需要在山上围出一块区域，范围越广，猎物就越有可能被锁定。但在青梅，成为猎场的山离居民区太近了，只能极力找出野兽的所在地，进行小面积围猎。泷嵨的"看破"能力就是在这样的环境下磨炼出来的。

"现在是吃竹笋的时节，所以很容易找到它们的痕迹。"

为了尽量将野兽的栖息地包围起来，负责射击的猎手会被安排在野兽出没的小径与山间行道的交点处。虽说是"交点"，但并不是严格意义上的相交之处，只是保证每个猎手的射击范围可以覆盖半径五十米大小的区域。虽说在那些常有野兽出没的分岔小径上也安排猎手的话，能更容易确保猎物被捕获，但因为人力有限，所以只能优先确保那些关键的位置。

过去，当地熟悉山形的猎人会组团打猎，但现在已经难以实现了。即使是在青梅，仅靠当地的猎人，人手远远不够，所以只能把猎友会的招募范围扩大到整个东京都。很多猎友还无法完全把握青梅的地形，所以必须由经验老到的前辈安排他们的狩猎范围。

平成东京十二面相

熟悉地形的前辈们带着新人出发了，他们将沿着山脊两侧准备伏击。

就在大家走向自己的待命点时，泷嵨慢悠悠地牵出了猎犬，它即将孤身行动。这是一只大型普罗特猎犬，从小接受训练。青梅是知名的猎犬产地，这里的津岛系普罗特猎犬蜚声全国。战后，美国军人驻扎在青梅附近的横田基地，一个名为津岛修的人接收了军队里的狗，这便是最早的津岛系普罗特猎犬。这只正兴奋地等待着出猎的"小熊"，也是津岛系普罗特猎犬。

猎犬的脖子上佩戴着自带 GPS 的无线装置。有了这些设备，要确定猎犬正在何处追赶猎物，就一下子变得容易得多。猎场内的猎手也手握 GPS 设备，可以随时确认猎犬的移动轨迹。

泷嵨判断道："野兽可能在猎犬前方四百米处。"

"找出"看不见的鹿

泷嵨放开猎犬，让它进入留有野猪咬痕的竹林，自己则爬上了山。猎犬趴在野猪的脚印上，一边嗅着味道一边在斜坡上来回跑动。泷嵨噌噌噌往上走着，到达山脊处后，看了眼猎犬的动向，又爬下了山。仅是跟着他爬上爬下，我已有些吃不消，实在难以想象这么健步如飞的泷嵨竟有六十七岁了。

"它不叫啊。"泷嵨小声嘀咕道。看了眼 GPS，又确认了一下猎犬的举动，他穿过斜坡又往对面的山脊走去。

猎犬终于叫了一声。不过，泷嵨并没有露出喜悦的神色，"只叫了一声"。

看来发现的并不是野猪。"不过，如果野猪会出现，应该就是在古屋或者高山负责的区域。"泷嶋通过无线提醒大家。如果猎犬追的的确是野猪的话，就可以预判出野猪的移动路线。

"要是狸猫就算了，如果射中了猫就麻烦了。"

最近，在别的捕猎团队里，发生了猎犬咬死家猫的事情。毕竟东京的山就挨着居民区，如何避开家养的猫，是在这里捕猎的一个困难之处。

除了猎犬"小熊"之外，埋伏在山脊两侧的猎手们的视线范围内，没有出现任何动物。无线对讲机里传来了猎犬被带回的讯息，预示着这一片区域的围猎已结束。我平时都在山梨县狩猎，与之相比，这里单次狩猎的时间短得多，十分迅速。看来，野猪偷吃完竹林里的竹笋后，很快就溜到远处的栖息地去了。看来在奥多摩地区，不仅有害兽类驱除行动如火如荼，猎物们也因此变得十分狡猾。

大伙先集中到了山间供猎人休息的小屋，决定转战大多摩陵园的后方，野猪在这里出没的可能性仅次于刚才那片竹林。大多摩陵园位于青梅与埼玉县饭能市的交界处。青梅的有害兽类驱除行动已持续了五十多年，但从大约三十年前起，才开始全年性的驱除。尤其进入今年，野兽带来的经济损失日益扩大。因此，青梅与饭能市达成了合作，一部分捕猎者可以进入饭能一侧活动。

到了饭能这一侧，他们再次放出了猎犬，根据散布在陵园竹林里的咬痕追踪野猪的下落。虽然听到了一阵响亮的犬吠声，但野猪依旧没有现身。即使野猪就在这片竹林内，但让猎犬产生反应的也有可能是小动物或是鹿之类的猎物。在以固定对象为目标的狩猎过程中，真正击中猎物之前发生了什么，只能靠想象来推测。

"您特地跑来采访，我们要是抓不住野猪，那可真是丢脸啊。"

泷嶋苦笑了一下，喊着猎犬的名字让它回来，"小熊，小熊，过来。"这被前来陵园祭扫的人听到后，引起了一阵不安："熊跑出来了啊？"没有一个人是笑着问的。最近，青梅市的市区街道内也有熊出没，泷嶋一行人设下陷阱逮住了它。奥多摩地区向来有熊栖息，但他记得从未见过熊跑上大街。尽管如此，也无法就此断定自然界发生了什么变化。毕竟自然可不会顺着人类的设想发展，也不会顾及对人类的影响。

中午之前，大伙决定将捕猎目标改为鹿，或许是为了方便我的报道。不过这也从侧面证明了他们的自信，鹿的话反正什么时候都能逮着。

虽说对农田破坏最大的还是野猪，不过因为鹿的数量太多，其对植被以及农林业造成的损失也不可小觑。假设全球变暖导致的雪量稀少，是造成鹿数量激增的最主要原因，那么不管是直接还是间接，对生态系统影响最大的还是人类和人类的文明。驱除有害兽类这一行为，在一定程度上也意味着试图消解人类文明带来的负面影响吧。

带上另一条猎犬，一行人驱车往山的更深处驶去。过了一会儿，被猎犬追赶的鹿沿着山谷的斜坡向下跑去，径直跑进了猎场内。然而枪声却久未响起。

"真是奇怪。"泷嶋嘀咕了一声。犬吠声越来越大，只见鹿奔向了山谷下的沼泽地。看来，鹿察觉到了正瞄准着它的猎手们，转头逃跑了。

对讲机里有人通报在别的地方抓住了一头鹿。在山顶，也有一头鹿跑进了猎场内。击中一枪后，猎犬却依然朝着原先的方向叫个不停，叫人大为困惑。

"不知道那头鹿是被抓住了，还是蜷缩到斜坡底下去了。"

仅靠听力判断犬吠从何处、往什么方向发出后，泷嶋就能得知在看不见的远方发生了什么，仿佛他就在现场一般。

泷嶋通过对讲机询问道："能顺着狗叫的方向下去看看吗？"但负责在山顶射击的猎手似乎还没有适应这座山的地形。于是泷嶋又开着轻型卡车沿山道向上，快到山顶时，从车上下来，健步登上山顶。

"这可不得了。"

"原来是这么回事。"

向负责山顶区域的猎手了解了情况后，泷嶋向斜坡底下望去："在那儿呢。"说罢，马上往下面走了过去。

果然，在泷嶋指的地方发现了一头倒下的鹿。子弹贯穿了其内脏，但鹿肉已被猎犬啃食殆尽了。虽说驱除有害兽类的目标是达到了，但已难以将这头鹿用作食材了。

"不多积累经验的话，就无法分辨猎物的脚印，也熟悉不了山里的情况。今年野猪的量还算少。去年，算上捕猎旺季，光野猪就足足抓住了一百三十头。东京的山里面啊，不管是鹿还是野猪，都比三十年前多了不少。"

猎友会里不少成员平时是上班族，周末才来捕猎。他们之所以会对野猪和鹿这样的大型猎物感兴趣，主要有两个因素。一是因为有害兽类必须得驱除，不然损失重大；二是因为有泷嶋这样的专业人士坐镇指挥，即使只是在周末打猎也能取得成果。仅青梅猎友会一行人，平均每周末就能捕获两头野猪，这样的成绩着实令人惊叹。

捕猎者的自然观

泷嶋的捕猎生涯已有五十年，他是如何坚持下来的呢？

"嗯？还不是因为有意思嘛。"

出于对东京捕猎史的兴趣，我在青梅和八丈岛采访这两位以捕猎为生的专业人士时，都提出了一系列与时代进程相关的问题。

然而不管是泷嶋还是赤间，给出的答案都横跨好几个时间段。我本以为单纯是因为他们忘了什么时候发生了什么事，但回头一想这绝无可能。不管是捕鱼还是打猎，都必须积累实战的经验，客观地分析其中的成败，才能不断提高技术水平。而且我从他们两位口中听到的精彩故事，也的确是在周密地分析实战经验后总结而来的，实在难以想象他们已将过去置之脑后。

要捕获大型的猎物，强健的体魄和坚定的意志缺一不可。此外，不管置身于什么样的环境中都能随机应变的能力也极为重要。捕猎时最为关键的三个因素便是身体状况、判断力以及猎物这一"对手"。前一秒还抱着明确的捕猎目标，下一秒便忘却了这种目的性，与自然融为一体，同步呼吸。这样的瞬间会在捕猎时不断地出现，既是意料之外，也可以说是有意为之。

而被要求从时间的维度系统地梳理自己的职业生涯时，两位捕猎者都多少有些不乐意。这或许是出于狩猎民族的自然观：为了明天的捕猎，不轻易将今天的自己定型。他们也许就像野生动物一般，难以肯定时间这一人类发明出来的尺度的价值。我欣喜于东京还有这样的人存在。

去青梅，从羽田机场搭乘飞机是五十分钟，从新宿站搭乘中央线青梅特快列车是五十九分钟。从行程耗费的时间上来说，青梅这一片同属于东京的土地，离被柏油和水泥包裹着的东京都中心并不远。在那里，今天也同样有猎人在追逐着猎物。生命与生命不期而遇。在其中一条生命被征服的那一瞬间，"过去"和"未来"都已消散而去。

这便是保持着原始的状态、未经人工雕琢的时间。在东京的某个角落，依旧可以找得到这样的野性时空。

作　者

服部文祥，登山家，作家。1969 年出生于神奈川县。"极限登山"的实践者。著作有《极限登山家》《极限狩猎》《探访百年前的山》《猎物之山——服部文祥的极限生存指南》《与儿子去狩猎》等。

09

当下年轻女性热衷参拜神社

为什么寄希望于"不可见之物"呢？

野村进

即使是工作日，东京大神宫内也排满了前来参拜的人

还没出站，我就感受到了一股不可思议的人流涌动。

在 JR 的饭田桥站西口出站后，这股人流的动向变得清晰可见了。有相当多数量的女性都在朝着东南方向走去。最终，她们都汇集到了夹在两幢高楼之间的一处隅落。

第一次目睹东京大神宫真容的时候，略微有些失望，我原以为会是一个占地面积更广、气派更恢宏的神社。没想到，只是这样一个小巧雅致的地方而已。

周日上午刚过 10 点，通往神殿的参道上早已排起了长队。约有二十多人在排队，全部都是女性。乍一看，都是二十到三十岁出头的年轻女性。

东京大神宫位于东京都中心的某条后巷内。在周末及节假日，每天约有两到三千人参拜这个不太起眼的神社。

"并不是在什么契机下一下子吸引了这么多人。来参拜的人是一点点慢慢增加的。"神社的副宫司[一]松山几一回忆道，"三十多年前，在我还是小孩子的时候，连新年里都没什么人，甚至可以在神社里放风筝。但现在啊，在新年里参拜的话，要等上两个小时，有时候还要

〔一〕　　　日本的神社中负责统领其他神职人员的人被称为宫司。

更久。大概是从二十多年前起吧，女性参拜者的数量开始一下子变多了起来，而且年年都在增加。有人特地从北海道、冲绳赶来，最近还有从中国的大陆以及台湾地区来的女性。"

人数激增的"御朱印"女孩

其实我是在东京之外的地方，第一次对这些聚集在神社的年轻女性感到好奇。

平成二十五年（2013），背靠岛根县八云山的出云大社迎来了六十年一度的"大迁宫〔二〕"，我也前去报道了这一盛况。我往山的更深处走去，想要一探岛根县出云地区其他神社的风采。

韩灶神社位于八云山中靠近日本海的一侧，在出云大社的东北方向。这个神社的名字看上去很像是舶来的。从出云大社前站出发，由电车换乘到一天只往返三次的巴士，在离韩灶神社最近的车站下车，再怎么行动迅速至少也得花近两个小时。

我从车站走进山道，步行约三十五分钟，拐进岔道，再沿着陡峭的石阶一鼓作气向上爬去。说是石阶，实际上就是将许多类似于石器碎片的东西嵌入了地表。约十分钟后（普通女性可能要花十五分钟），神社出现了。这里原先只不过是个小小的祠堂，没有宫司也没有其他神职人员。我大为震惊，像这样的地方，怎么会有年轻女性结伴而

〔二〕　　　　迁宫是指把神体和神座从原来所在的地方搬走，再建神殿，此后将神体请回原位的仪式。

来呢？

在收集出云大社相关资料的时候，我了解到，在出云地区的各个神社里，有越来越多的年轻女性前来参拜，她们被称为"神社女孩"。但亲眼见到的情况，还是远远超出了我的想象。

似乎在全国各地的神社里，都可以看到成群结伴的年轻女性出没。这样的现象在东京也十分显著。

每到一个神社，打开被称为"御朱印帐"的大开本日式线装本，请神职人员盖上神社的印章，写下神社名，以此作为自己参拜的凭证。像这样以收集神社朱印为兴趣的女性被称为"御朱印女孩"，她们的数量也在急速增加。明治神宫这样的大型神社自不必说，据说连在东京大神宫这样不太起眼的神社，多的时候一天也得给五百本御朱印帐盖上朱印，擅长毛笔字的神官和巫女得分工合作才能完成书写工作。

"都快得腱鞘炎了。"神官们聚在一起时，有时会这样喜滋滋地抱怨道。为了在御朱印帐上留下纪念，访客一般需要向神社缴纳三百日元的"初穗金"，日积月累下来，可不是一笔小收入。

在名人当中，"御朱印女孩"的数量也在增加。比如，女演员小泽真珠足足收集了八十个朱印，也就是说她已经去过全国八十个神社。一开始，她只是对"灵应福地"感兴趣，后来渐渐迷上了神社。

"朱印本身就很新鲜有趣。我一听说在神社可以收集印章和神官费心写下的书法，就心动了。每个神社的朱印都完全不一样，有的字迹工整，有的个性十足。所以每到一个新的神社，就会万分期待这次会留下什么样的朱印。"

这让人产生了一个非常简单的疑问，那就是神社到底有什么魅力，可以吸引这么多年轻女性前来参拜呢？

我正好成长于经济高速增长期的东京，对于像我这样的一代人来说，神社几乎等同于"落后于时代的旧物"。用现在的话说，在当时，神社"很土"。

但当我问起家里正读大学二年级的三女儿时，她却一点儿也不觉得落后于时代或是土，反而认为"神社里的空气清新宜人"。我的一位朋友甚至认为神社"很酷"。

我赶紧拜托女儿把身边喜欢神社的朋友召集起来。最后，找来了四位大二的学生，我的次女和上文那位朋友也自告奋勇，加上我，一行七人，决定一起探访八家东京的神社。

以下是全体女性成员的姓名和年龄：明日澄、咲辉、美歌、早苗都是十九岁，春乃二十六岁，弥生子三十三岁。至于具体去哪些神社，我全权委托给了女同胞们决定。

在她们眼里，神社会是一个什么样的地方呢？

艺人在神社内表演摔跤？

"神田明神"（正式的名字是神田神社）离 JR 的御茶之水站很近，我们刚踏进神社就大吃了一惊。

神社内传来几个男性嘶吼般的骂声，难道是有人在吵架吗？

"天哪，怎么会有人在神社里摔跤啊……"

不止明日澄，女同胞们都面露惊讶。在神职人员们进行日常工作的社务所前的柏油路上，四五个赤裸上半身的摔跤手正扭作一团。

仔细一看，这会儿被按在别人身下的不正是漫才〔三〕师博多大吉吗？旁边还有专业的裁判，在大声数着："一、二、三！"

原来这里正在录制电视节目，作为摔跤迷的博多大吉也参与了演出。等缓过神来，周围早已挤满了人，几乎都在举着手机拍照。

女同胞们都对此极为不满。

明日澄说："摔跤手们聚在神社里闹腾实在是不合常理，有点儿吓人。"

美歌也附和道："神社是让人安安静静参拜的地方，在这里闹腾可真是讨人厌。"

但如果她们了解了神田明神里供奉的是哪一位神明的话，也许就能接受这样的录制安排了吧。这里的主祭神是大己贵命〔四〕，也就是大国主命，他也是出云大社祭祀的神。出云是日本相扑的发源地，想到这一点，也许就能理解为何在这里进行摔跤这种同样是基于力量的竞技比赛了吧。不管怎么样，先问问女同胞们对神田明神的看法吧（下文括号内为我的点评）。

明日澄说："不止神殿，神社里各式各样的建筑都涂上了明艳的红色，真没想到还有这么华美的神社。这里还祭祀着少彦名命，我在出云旅游的时候喜欢上了这位神，真没想到居然能在这里重遇。"（和大国主一样，少彦名也被视为一位勤于国政的神。在旅游时"喜欢上了这个神"这种说法，对我来说很是新鲜。）

早苗说："虽然这里和一般的神社不太一样，感受不到那种安静

〔三〕 漫才是日本的一种站台喜剧形式，类似中国的对口相声。
〔四〕 在日本神话中登场的一位神，传说中苇原中国的统治者。"命"是对神的尊称。

的氛围和清新的空气，但似乎很好地吸收了城市里的那种活力与喧嚣，所以仿佛神社本身就是一种娱乐。"（"娱乐"这个词用得精妙，表达出了那种夺人眼球的趣味性，仿佛像江户时期的歌舞伎一般。）

弥生子说："有些绘马〔五〕或是护身符上画着《乌龙派出所》〔六〕或是《Love Live!》〔七〕等漫画形象，都卖得非常好。或许和地理位置也有关系吧，这个神社总让人联想到秋叶原和动漫。"（这样的直觉也十分精准，神田明神里供奉着秋叶原一带的守护神。就像她说的，画着很大的《乌龙派出所》主人公两津勘吉的绘马以及那些很"萌"的绘马，和抹茶味的冰激凌并列出现在货架上。）

接着，我向她们问出了关键的问题，为什么她们不像我年轻时那样，认为神社"很土"或是"落后于时代"呢？

春乃说："像神社这样自古就建成，由周围世世代代的居民保护至今的建筑，会让人觉得很庄严，很酷。再想到这里长眠着神圣而灵性之物，就更觉得厉害了。不管愿望到底能不能实现，光是在这里祈祷，就感到很安心。"

美歌说："神社给人一种安心感。在这里，时间的流逝仿佛与日常生活完全不同，待在这里心情很舒畅。神社还给人一种神清气爽、纤尘不染的感觉。"

〔五〕　绘马是日本人许愿的一种形式。在一个长约十五厘米高约十厘米、画有马图案的木牌上写上自己的愿望、供在神前，祈求得到神的庇护。

〔六〕　《乌龙派出所》（日文名为『こちら葛飾区亀有公園前派出所』，是集英社漫画杂志《周刊少年跳跃》连载最久的少年漫画。

〔七〕　《Love Live! 校园偶像计划》是 2010 年由角川书店旗下美少女综合娱乐杂志《电击 G's magazine》、日本动画公司 SUNRISE、唱片公司 Lantis 共同策划的以九名美少女校园偶像为主角的跨媒体企划。

咲辉说:"我想,女性去神社参拜,是希望多少能消解一点内心的不安吧。比起男性,女性更容易产生某种不安的情绪,不是吗?"

看来,"安心感"是三位女性的意见中一个共通的关键词。应该是指被某位神明保护着的感觉吧。不过,她们为什么会对这种不可见之物产生如此巨大的信赖感呢?这让我百思不得其解。

礼数也十分周全的参拜者们

在某个工作日的早上9点,我和女同胞们拜访了本文一开始提到的东京大神宫。明明不是节假日,年轻的女性参拜者却络绎不绝。

我再一次清楚地看到,她们每一个人都通晓参拜的礼数。先在被叫作"手水舍"的水池处弯腰鞠一躬,然后拿起水勺取水,按左右的顺序清洗双手。再用右手执水勺取水,左手接水,送入口中清洗口腔(当然,吐水的时候会用手掩住口鼻)。在把水勺放回原处前,需将水勺竖起,让水流过把手。离开"手水舍"前,再鞠一躬。

接着来到神殿,行"二礼二拍手一礼",即弯腰鞠两次躬,然后双手合于胸前拍手两次,最后再鞠一躬。女性参拜者们把这些参拜步骤都一一完成了。我在参拜出云大社等神社的时候注意到,倒是那些中老年日本人,对参拜的礼数一知半解,还有人大摇大摆地走在参道的正中间,那可是留给神明的位置。

当然,和我同行的女同胞们也都礼数周全地完成了参拜。参拜结束后,我们来到社务所,拿出御朱印帐,请神官盖上朱印,又瞧了瞧货架上的护身符和平安符,再一起求了签,看看大家都抽到了什么签文。

美歌："游客真是源源不断呀。我发现，这里的屋顶和伊势神宫好像是一样的。"（美歌眼睛真尖。东京大神宫还有"东京的伊势大人"这样的爱称。）

明日澄："不管什么时候来，这里总是又敞亮又干净。这里供奉的神是负责姻缘的，我已经把住所告诉神明了，连门牌号都告诉他了，请求他赐予我良缘。我相信这次一定会成功的（笑）。"（东京大神宫是国内第一个允许普通民众在神明前举办婚礼的神社。此外，在祈福时，如果不详细告知自己的住址，愿望就无法被神明感知。看来她对这些知识都非常了解。）

咲辉："在求签处的前面，不是有一个供访客休息的地方嘛。在那里可以好好坐着放松，还可以跟朋友聊聊天。我很喜欢这样悠闲的氛围。"（在神殿的一旁，有一个能遮阳避雨的休息区。求完签、买完护身符的访客们会在这里饮茶，或是享用伊势有名的甜点"赤福"。）

我对神社也有这样的印象。某一年盛夏的午后，我正好进神社参拜。休息区内的降温喷雾机释放出一股股凉意，风铃也奏起一阵阵清新悦耳的声响。看到此情此景，炎炎夏日里的燥热心境顿时放松了下来。在神社里，四季仿佛各有各的模样。

东京大神宫出售着五十多种不同类型的护身符，访客可以从中尽情挑选。还可以按自己的血型来求签，签文还有英文版本。这里甚至还有凯蒂猫版本的护身符，难怪这么受女性欢迎。

而东京大神宫内的绿化，也是曾获世界级大奖的庭园设计师应邀精心打造的。

"不管怎么说，我们的努力也起到了作用吧。"松山副宫司仿佛是在喃喃自语，"我并不认为，即使我们什么都不做，参拜者也会自然而然地增加。我们保持神社内的清净整洁，丰富护身符以及签文的种类，都是为了让前来参拜的访客能尽兴而归。有了一次好的体验，下次就会带朋友一同前来。正是不断重复这样的努力，才能让神社有这么多的游客啊，您说是吗？"

被这么一说，我顿时为自己的无知而羞愧。在我的视野里，仿佛从来没有出现过神社自身的努力。的确，凡是参拜者络绎不绝的神社，一定都为扩大客流下了极大的功夫，甚至是在那些游客们都不一定注意得到的细节之处。这一点，在我们接下来拜访的神社中，都得到了印证。

浅草的"相亲神社"

今户神社所在的地方，交通略为不便。从挤满观光客的浅草仲见世大街出发，要足足步行二十分钟才能到。

在神社内的大鸟居旁，竖有一块标识牌，上面写着新选组成员冲田总司正是病逝于此。今户神社同时还是"招财猫"的发源地，两个大型招财猫坐镇于神殿内，一雌一雄。神社内到处摆放着知名的今户陶瓷，都做成了招财猫的形象，还有猫型的漏斗和盆栽。

不过比起冲田总司或是招财猫，今户神社更为世人熟知的是其"结缘神社"的名号。一个很好的证据就是连工作日的午后，都有年轻女性在神殿前排起长龙，虽然和东京大神宫的阵势相比还逊色了点。

自 2008 年起，今户神社便开始举办名为"结缘会"的相亲活动。至今已有七千男女注册报名，其中七十对男女已结为夫妇。正因如此，今户神社才有了"相亲神社"的别名。

早苗说："这里和别的神社不太一样呢。一般的神社里也不会放那样的大招财猫吧，社务所也几乎和民宅贴在一起，给人感觉很亲民呢。还有，大屏幕上一直在播放着编舞师 Lucky 池田配合神社主题曲跳舞的视频，真让人很有亲近感啊。"

春乃说："绘马一般是五边形的，这里却是圆形的，上面画着两只招财猫。神社里的几棵古树上，都挂着好多绘马，加起来有几千个了吧。挂在树下的绘马都褪色了，不过也没有被摘掉，可见神社对每个参拜者在此许的愿望都非常重视啊。"

据说今户神社里有一对"美女姐妹神官"，还曾被媒体大肆报道过。她们的母亲市野惠子与担任宫司的丈夫，一直守护着这座神社。她说的话和东京大神宫的松山副宫司十分相似："过去，几乎只有狗会出现这个神社里，还有人在神社里打棒球。一年只能卖大约二十个护身符，有一段时间我们还经营过幼儿园。毕竟光靠神社的收入，日子根本过不下去。"

这时，一身神官打扮、戴着乌帽子的市野智绘加入了我们的对话。她是上文提到的美女姐妹神官中的姐姐。

"刚才发生了一件怪事，我忍不住转过头看了眼。"

智绘一脸极为震惊的神情，向我们回忆道。

"我听到身后有人在说：'今年去了八百万[八]个神社。'接着旁边的人回应道：'八百万？好厉害。'我回头看了眼，居然是两个戴着超

[八]　　　"八百万"表示数量多，来源于"八百万神"这种说法，指日本所有的神。

浓假睫毛的辣妹。这样的辣妹居然会知道'八百万'这种传统词汇，光这一点就很让人震惊了吧?"

我也是大受震撼，一下子说不出话了。

"确实发生了很多以前根本难以想象的事啊。"母亲惠子这么说的时候，流露出大为感动的神情。智绘接过母亲的话，继续说道:"我相信，神社是治愈人心灵的医生。你看这些来神社里的人，即使是年轻人，也是满脸疲惫。当中还有很多精神状态也不佳的年轻人。有人在做啃老族，有人得不到正式的雇用，只能打短工，工资极低，根本盼不到熬出头的日子。他们能有的乐趣，就是玩玩手机，打打游戏，或是偶尔去优衣库买买衣服。这些年轻人是来神社寻求帮助的。他们想向神明倾诉内心的不安，想听我们这些在神社里工作的人对他们说一句'都会好起来的'。通过这样的方式，在神社里获得一些精神上的鼓励后，他们才会离开。"

我又向智绘询问神社能够吸引这么多年轻女性的原因。

她几乎脱口而出:"我觉得是因为腻了。"

腻了?

"因为不管去哪儿，风景都一样啊。到处都是商场，商场里的店大同小异。不管是买衣服，还是在家庭餐厅或是快餐店吃东西，都一样只能消费有钱大公司提供的商品。"

确实，这样的现象不止在东京，在日本全国各地都很普遍。

"所以我觉得，年轻人对这些东西已经腻烦了。不过到了神社就不一样了。每个神社都有每个神社的特色，附近商店街里的美食也是各有各的风味。年轻人买的都是像炸糕、仙贝或是蜜瓜包这样便宜的零食，不过肯定是商场里尝不到的味道哦。"

智绘的这段话，可以说具有轻微的"反全球化"倾向。

"和商店街的叔叔阿姨聊天也很开心，听他们讲讲生活的小知识，握握他们的手，感受机器无法替代的人的温暖。这些对于当下的年轻女孩来说，大概是又新鲜又有意思吧。不管是神社还是商店街，自古就盖在这里，而不像商场那样一蹴而就。"

智绘的丈夫恰好在大学里教授日本中世纪史。对于当下这股年轻女性拿着御朱印帐跑到各地神社收集朱印的热潮，据说他的评价是：

"这是在日本史上前所未见之事。"

哪里是"落后于时代"，这些年轻女性简直就是站在新时代的浪尖上。

章鱼罐子[九]化的女性

在此，我想聊一聊采访时发生的小插曲。

其实，拒绝接受采访的人远比我想象的多。对于一个撰稿人来说，被拒绝也是家常便饭，但这一次却不太一样。收到采访邀请的女性并不是态度冷淡地一下子回绝，而是非常婉转地、一点点地传达拒绝的态度。

我的朋友中有一位名为永崎日丸的女插画师，著有《Happy！开运神社巡礼》一书。她还是一名"绘马师"，即绘制绘马图案的专业画师，作品受到包括伊势神宫在内的全国各神社的追捧。

〔九〕　日本政治思想史学者丸山真男在《日本的思想》（1961）一书中用"章鱼罐子文化"一词形容日本社会切断了共有的根基，各个领域自成一派，互相难以沟通的现象。"章鱼罐子"一词现通常用于比喻人自我封闭，或只关心自己所属的小团体，对外部世界毫无兴趣。

没想到，永崎还在东京大神宫内开办了绘马教学班。我心想，为了这样的活动出钱也要来参加的女性，对于神社与自身的联系，一定有很多独到的见解吧。打着这样的算盘，我旁听了绘马教学班。在永崎的牵线搭桥下，我向班上的女学员们提出了过几天进行采访的邀请，当场有十六人表示愿意接受。

　　然而，几天后当我试图再次与她们联系时，有人完全不回复我的邮件或是短信。而在商量具体的面谈时间时，又有人突然就没了回音。更过分的是，还有人在约定好的采访当天放了我鸽子，之后也没有任何音讯。这并不是一两个人的特殊状况，实际上，我最终采访到的仅有当初十六个人中的五个。

　　在超过三十五年的采访经历中，还是第一次被这种方式接连拒绝。我苦苦思索其中的理由，不由得抬眼望了望前来神社参拜的女性。这时，一个词在我的脑海中闪现——章鱼罐子。

　　独自前来的女性，在排队等待参拜时，几乎无一例外都在低头看手机，很多人还同时戴着耳机。换句话说，即使此刻自己所处的环境与家里大不相同，她们依旧像没出门时一样，听着喜欢的音乐，在手机上点开自己感兴趣的页面，看得出神。

　　我以前就脑科学方面做过相当多的采访，根据这一领域的专家的意见，大脑中负责视觉、听觉和触觉的区域，占据了人类知觉的大半部分。而这些女性出门在外时对它们的使用方式，与在家时并没有什么区别。如果再戴上口罩，那么连嗅觉都无法被外界的变化左右。在我看来，这样与外界隔绝的女性，仿佛就像钻进了章鱼罐子，而排在神殿前的长队，也像是一个个章鱼罐子在往前挪动。

　　而不同的女性小团体，也像是一个个章鱼罐子，几乎完全不与其他女性交流，不管对方是一个人还是一群人。她们似乎都沉浸在自己的世界里，难以注意到他人的存在。

难道说，是我在无意识中轻率地试图进入这些章鱼罐子吗？

把这样的推论告诉永崎后，她微微点了点头，说道："我也是在三十多岁的时候结了婚，才能跟你聊这些话。如果我现在是单身的话，可能也同样会拒绝野村先生的采访。"

我完全没想到她会这么说。

"参拜神社，尤其是参拜那些在求姻缘方面很出名的神社，对她们来说，就是一种渴望立刻结婚的表现。如果接受野村先生的采访，就不得不面对这样一个还没结婚的自己。她们不乐意谈这些，尤其是在男性面前。女性的心里，就是有这样不见底的'深渊'啊。"

深渊？

"到了三四十岁，身边还没有一个陪伴自己的人，便会像是陷入了深渊一般。"

可是，结了婚而陷入深渊的情况，不是也很多吗？

"这不一样。结了婚，就算跟对方处不好或是分居了，至少身边还是有这么一个人的，就还有希望。就算真的离婚了，也可以劝慰自己，至少结过一次婚了。如果连这样的对象都没有，那就只剩下绝望了。"

但不是有很多讴歌单身的女性吗？

"我想大多人并不是这样的。自己就这样一个人走向衰老，走向死亡了吗？我的人生真的可以这样过吗？到了三十岁，女性就会开始思考这些问题。"

可是似乎看不出她们这么在意结婚啊。

"当然会在意。在二十多岁的时候，还会相信只要努力提升自己，合适的人迟早会出现，心里还不那么着急，相信自己总会找到办法的。但一旦进入三十岁，就会慢慢意识到，无论自己如何努力，如何提升自己，都难以改变现状。"

所以才会去相亲吗？

"在相亲之前，会先去神社。下定决心去认识别人，不是一件容易的事。所以会先去神社参拜，祈求良缘。"

将希望寄托在不可见之物上的原因

在采访开始之前，我本以为有关神社为何大受年轻女性欢迎的探究，无非就像是用手掌轻轻掬起一捧浮在这股潮流表面的泡沫，瞥一眼足矣。但事实上，我的预想大错特错。真正应当注视的，是沉淀在这股潮流底部的泥沙。

一个无所顾忌的男人，试图将手伸向沉在章鱼罐子底部的泥沙，对此，章鱼罐子条件反射般地盖上了盖子，这便是女性纷纷躲避采访的真正原因吧。

当我把这样的想法讲述给上智大学特聘教授、宗教学者镰田东二后，他分析道："在她们心中，参拜神社与人际关系闭塞这两件事，是紧密相连的。所以，出于防御的本能，在躲避外来的人和事吧。"

"不过，"他继续说道，"我不认为当下的女性热衷神社只是出于表面上的原因。应该是有什么更深层的冲动，只是她们自己还没有意识到。毕竟人只有失去了什么之后，才不得不面对自己该如何活着的问题。比如说，'死亡'。父母逐渐老去，离开人世。配偶，或是自己的孩子先于自己离开。又或者自己生了病，碰上了灾害。在这种时候，她们便会意识到，收集朱印并不会为自己带来好运。但也因此，对于该如何活着的问题，她们会追问得更深。"

假如说三十岁以上的女性参拜者身上，确实有"章鱼罐子化"的倾向，但大多数十几岁、二十几岁的女性走向神社的动机，应当是有所不同的。

这些年轻女性又到底是为什么如此依赖被供奉在神社里的"不可见之物"呢？我的追问，又回到了原点。我一共对二十多名女性进行了提问，而她们的想法，几乎都可以在此次神社之行的六位女性的意见上得到体现。

早苗说："我认为，这与东日本大地震和核泄漏事故的发生，有很大的关系。大家都意识到，科学不是万能的，世上到处都是不合理的事情。因此，如果不持续而深入地审视和调整内心的状态，就无法好好地生活下去，不是吗？在这种迷茫的时候，神社似乎能成为自己心灵的寄托，即使肉眼根本看不见神明。所以我觉得年轻人被神社吸引，是再正常不过的了。"

明日澄说："确实，和我差不多年纪的人，都很关心那些肉眼看不见的东西。我甚至认为，假如一个人完全不相信这些，那他可真是个无聊的人。年轻人是感受到了不可见之物，知晓不可见之物的存在，才会去神社的。"

春乃说："我的话，更多的是受小时候读过的绘本和吉卜力作品的影响吧。比如在《龙猫》里面，不是经常有小小的神社和参天古树吗？自那时起，我便相信，虽然肉眼看不见，但神社和古木里一定有什么了不得的东西。此外，对历史悠久的建筑心怀崇敬，对人类来说不是自古就有的情感吗?"

只有女性才能感受到的东西

行文至此,我已写了东京大神宫、神田神明、今户神社这三座神社。此外,我们还拜访了爱宕神社、浅草神社、汤岛天满宫和大国魂神社。不管在哪座神社,女性参拜者的身影总是引人注目。

最后,我们拜访了位于东京都国立市的谷保天满宫。某档电视台的综艺节目曾评价这里出售的御朱印帐是"全日本最可爱的",谷保天满宫也因此名声大振。虽然地处远离东京都中心的郊外,但一天可以卖出足足七十五份御朱印帐,可见其在年轻女性群体中极受欢迎。

我曾经就读的高中就在谷保天满宫附近,距我上一次来此拜访,已过去了四十三年。神社内,古树郁郁葱葱,枝繁叶茂,相邻的梅园古朴雅致,与当年的景象几乎没有任何变化。我不由得像大多数访客一样,发出一阵感慨,这种"不变"正是神社的魅力所在啊!和女同胞们一路聊下来,我意识到,或许这种老套的想法的确切中了要害。

这座神社唯一与众不同之处在于里面养着很多鸡。气派的人工瀑布朝着下方的小河奔流不息,周围是一片树林,近一点儿的树下有十只鸡,旁边一棵树下有十二只,都翘着长长的尾毛,活像金鸟牌盘式蚊香的商标上的那只鸡。根据副祢宜[一〇]菊地茂的介绍,这里在二

[一〇]　　职权低于宫司的神职人员。

三十年前第一次抓来了鸡，当时本想拔下尾毛用作节庆时舞狮的装饰品，但效果并不是很好，便将鸡"无罪释放"了。自那之后，散养在神社里的鸡逐渐繁衍开来，数量增加到了现在的水平。

"被问得最多的便是像'鸡不会逃走吗'这样的问题（笑）。哎呀，根本没有逃跑的必要。跑出去可比待在神社里危险得多。所以我一般会这么回答，再也没有这么好的地方啦，它们不会逃走的。这里可是'乐园'。"

而女同胞们又从菊地口中听到了故事的另一面——虽身处乐园，鸡也无法无限繁衍下去。原来，栖息在神社里的青蛇会吃掉鸡蛋。就在神社这样一个小小的天地里，也发生着自然界的优胜劣汰呢。

"在神社这个神圣的地方，一切也都在遵循着自然之法。其实是再正常不过的事呢。"

女同胞们纷纷对菊地的解释点头称是。她们再一次，比我这样的中年男性，更深地走进了"神社的世界"。

作　者

野村进，非虚构写作者。1956 年出生于东京都。其作品《韩国之旅》曾获大宅壮一非虚构文学奖和讲谈社非虚构文学奖。《亚洲——新的故事》曾获亚洲太平洋奖。其他作品有《工作了千年——老牌企业大国日本》《千年企业的大逆转》《解放老人认知障碍下的丰富体验世界》《神无处不在漫步在无人知晓的出云世界》等。

10

支持着新型 3K 职业（家政、护士和护理）的菲律宾人

老龄化社会中的新劳动力

西所正道

担任护理福利士的朱利安

1964 年，东京奥运会召开，井泽八郎的《啊，上野站》曾在当时风靡街头巷尾。在歌词中，出现了"乡音"这个词。

　　这首歌描写了这样一幅景象：和同乡一起来到东京务工的"俺们"，站在外乡人来此必经的上野站，听着来来往往的人群中传来阔别许久的方言。歌中唱道：

　　　　送货归来，停下自行车，听一听久违的乡音。

　　当时，一说到"乡音"，一般人的第一反应便是各地的方言。自那以后五十多年过去了。现在当我们听到"乡音"这个词，联想到的也许是在便利店、居酒屋等大众消费场所常能听见的带着各国口音的"欢迎光临"。

　　居住在日本的外国人正在不断增加。在 1964 年的东京奥运会时，在日外国人仅有六十万人，到了 2015 年，这一数字已增长到了二百二十三万人，约为当年的四倍。

　　按国籍和地域来看，前三名是分别中国（约六十七万人）、韩国与朝鲜（约四十九万人）、菲律宾（约二十三万人）。而东京自然是外国人最多的自治体，其人数约占全国外籍人口的百分之二十一。

　　在日外国人数量逐年增加的背后，是日本面临的少子化问题。即使是日本人口最多的城市东京，也不得不寻找外国人来填补年轻劳动力的缺口。

其中，提供了大量劳动力的菲律宾人尤为引人注目。在那些弥补少子高龄化社会"缺点"的工作岗位上，他们的表现非常出色。这样的工作中，最典型的便是"家政（家事［かじ］）"、"护士（看護［かんご］）"和"护理（介護［かいご］）"。巧合的是，这三个词汇的首字母都是"K"（"か"在日语中读音为 KA）。且都是公认的"3K"工作，即"累（きつい）"、"脏（きたない）"、"低薪（給料［きゅうりょう］が安い）"（"き"在日语中读音为 KI）。大多数日本人对这样的工作敬而远之。但有相当数量的菲律宾人，离开了自己的祖国，在东京这样的大城市投身这些工作领域。与一般的服务业不同，在少子高龄化社会里出现的这些新型"3K"工作中，劳动者时不时会介入服务对象的私人生活，触碰他们的身体。

我走访了各个"3K"工作的现场，试图了解他们是怀着怎样的想法从事这些工作。

在工作时发生了地震

一直以来，菲律宾都将对外输出国民劳动力作为一项国策。约有一千万菲律宾人在海外工作，相当于该国人口的十分之一。对于菲律宾这个国家来说，这是一项相当重要的外汇收入来源。

根据统计数据（2015 年，菲律宾海外雇佣厅），在海外新增菲籍劳动人口中，被雇用最多的是"家政服务人员（女佣）"，约占总人数（五十一万人）的四成。

总部位于东京都涩谷区的偕步（Chez Vous）公司自 2004 年起开始雇用长期居住在日本的菲律宾人，专门提供上门家政服务。公司代表柳基善介绍道："雇女佣就选菲律宾人，这是全世界的共识。因为她们英语又好，又会做家务。"

日本的实际情况是，在被雇用从事家政服务的菲律宾人中，有超过一半或是因为被大使馆的员工直接雇用，或配偶是日本人。

偕步约有两百名员工，其中一半是外国人，外国员工中超过九成是菲律宾人。

其中有一位名为苏珊·井崎（60 岁）的女性，给人的第一印象很是热情奔放。1987 年，她来到日本，与一名日本男性结了婚，对方是个日本料理店的厨师。

育儿工作告一段落后，苏珊先是去了二手店工作，之后又在东京迪士尼乐园度假区的酒店做过整理床铺之类的工作。2007 年，她在英文报纸上看到了偕步的招聘启事。

"我在大学里读的是营养学，所以很喜欢做菜。你看，我很胖吧。就算有专业的减肥知识，在自己身上也不管用，哈哈哈。我还很喜欢孩子。学生时代，总给附近的穷孩子洗头。"

菲律宾人被认为拥有豁达爽朗的性格。往坏一点说，他们的时间观念不是很强，这与日本人大不相同。而偕步要求员工必须严格遵守时间。苏珊一直都提醒自己，不要忘了提前一小时到达指定的服务地点。

她现在负责的工作有打扫、做饭、洗衣、购物、照看小孩等各项家政服务。

在这些年的工作经历中，有一件事让她至今难以忘怀。

2011 年 3 月 11 日，在一幢位于六本木的高级公寓的三十楼，苏珊正在一户人家中做家务。当时在家的还有三个孩子，年龄为六至九岁。下午 2 点 46 分，公寓突然开始强烈地晃动。正是东日本大地震。当然，孩子的父母都出门工作去了。

"当时我告诉自己，绝不能慌张。因为我要保证孩子们的安全。我马上跑到楼下，在便利店买了晚饭，等孩子们吃完后，便到公寓的大厅等他们的父母回来。当然，走之前我告诉孩子们'没关系，不用怕'。不过父母久久没有回家。所以我又回到他们家里，哄孩子们睡觉。我担心还会有强烈的余震，所以没让他们换衣服。"

我接着询问道："对于您来说，在这份工作中最重要的是什么呢？"

"是'爱'吧。如果没有爱，这份工作是做不好的。嗯，'Love For It'。"

说完之后，苏珊的眼眶突然被泪水浸湿了。

"啊，我怎么哭了呀……能做这份工作，我感到很幸运，因为心里总是很充实。在工作的时候，我考虑的不仅是我自己的幸福，还有别人的幸福。所以我和那些被派驻到海外工作的客户们也保持着很好的关系。会和他们在脸书上联络，他们回日本工作的时候我们也会见面。"

也许正是被我提问后答出的"爱"这个字，让苏珊突然流下了眼泪。

偕步的基础收费是三小时九千日元。据说一周接受四次服务的客户比较多。这样的价格绝对不算便宜。所以客户基本上都是年收入在一千万日元以上的富裕阶层，其中大半都居住在港区、涩谷区及千代田区等富人聚集的地方。

东京都中心的富裕阶层对服务的要求很高

实际上，日本国内对家政服务的需求正在不断增加。野村综合研究所的调查结果显示，2011 年，家政服务的市场规模为八百五十亿日元，将来有望增长到五千亿左右。

政府或许对这样的增长趋势也有所了解。政府推行的"国家战略特区"政策中重要的一项内容便是在特定区域内放缓对外国人入境的限制。自 2017 年起，日本开始接纳国外的家政劳动者。在东京、神奈川和大阪这三个被指定的地方，菲律宾人能以家政劳动者的身份从事工作。

在特区内，被许可提供家政服务的企业共有保圣那（Pasona）、得斯清（Duskin）、贝尔斯（Bears）等六家。在东京都内经营着托育机构的波平斯（Poppins）也是其中一家。公司代表中村纪子表示，公司成立以来便坚持着"支援职业女性"的理念，这促使他们做出了涉足家政服务行业的决定。

"过去，我们公司一直提供育儿和护理的服务，唯独漏了家政。总务省社会生活基本调查的数据显示，日本男性平均一天花在家务和育儿上的时间是四十六分钟。与此相对，女性则是五个小时。疲于家务的妻子难以得到正式雇用，所以越来越多的人选择了打零工。面对这样的情况，我们很想做点什么。这个时候，我们想到了向菲律宾人寻求帮助。"

2017 年春天，波平斯招募了五位菲律宾员工。来自菲律宾吕宋岛的鲁迪·曼古巴特（39 岁）正是其中的一员。

从菲律宾的大学毕业后，鲁迪在当地经营着一家日用品店。六年中她经历了结婚、离婚，之后移居到了香港。鲁迪住进了一户中国人家里，为他们提供家政服务，而自己十二岁的女儿则依旧留在菲律宾的老家。"为了女儿的教育，还需要更多的收入"，她产生了危机感。

抱着这样的想法，鲁迪回菲律宾时偶然从电视上得知了日本设立了"战略特区"。日本政府打出的这则广告语，打动了她的心："既能帮助日本女性，也能帮助菲律宾女性。"

鲁迪马上报了名，并顺利地被录取了。她与四位同样被录取的菲律宾女性一同来到了日本。但到了日本后，她们并没有马上被派去客户家中，而是一直在接受培训。因为波平斯对员工的要求极高。中村代表希望她们五个人能达到这样的工作标准：

"整理床铺的时候，要达到五星级酒店'东京大仓'的水平。提供的服务要让大使官邸也能满意。"

在接受培训的时候，鲁迪常常惊讶于日本人对"细节"的严苛。

"打扫做得到不到位，日本人会检查得非常仔细。在擦拭的时候，总会提醒我们'要把边边角角都擦干净'。还有，日本的礼仪也要严格遵守。进入房间时，必须要双手交叠然后四十五度弯腰鞠躬。听说在日本的酒店里，服务人员就是这样向客人打招呼的。我刚开始很震惊，因为在菲律宾，我们几乎不会向别人低下头。"

来到日本两个月后，鲁迪第一次被派到了客户家中。按照波平斯的规定，日本员工也会一同前往，协助她的工作。鲁迪心想，接受了这么久的培训，又有日本员工在身旁，应该不会出问题吧。但实际到了现场后，客户还是在她完全没有料想到的地方，对她的工作提出了意见。

比如，人偶摆放的方向不对，浴室里洗发水、护发素摆放的顺序不对等。居住在东京都中心的富裕阶层，对服务的要求非常高。虽然鲁迪努力想把人偶恢复原样，但顾虑到客户的隐私，不能事前用手机拍下来作为参照。这些都只能记在脑子里。

鲁迪回忆道："被骂的时候，心情会很低落。"

不过也经常能得到客户的肯定，很多人对她做出了积极的评价，比如"性格很热情"，"想让鲁迪女士多多来帮忙"等。

然而，"特区"这个政策存在很多问题。首先，雇用外国劳动者的企业在人才培养和人工费上花费巨大。在波平斯，光是语言学习和培训等方面必须投入的初期费用就高达一个人一百万日元。此外，由于规定了最低服务时间是三个小时，所以一个人一天最多只能跑两户人家。企业付给劳动者的报酬不按劳动时间计算，而是每个月支付固定金额的工资，这也加重了企业的负担。

更大的问题是，通过"特区"政策来日的外国人，按照规定必须在三年内回国。外国劳动者接受了严格的培训，学会了日语，掌握了高水平的服务技术，却无法一直留在日本，实在是不通情理。鲁迪也说："我自己当然希望三年以后还能待在日本。工资又高，还能不断提高自己的业务水平。"

"名牌"护士

女佣之外，让菲律宾闻名世界的居然还有"护士"。

千叶大学的小川玲子副教授专攻移民研究，她介绍道："菲律宾的护士几乎是'国际名牌'，在欧洲、美国、加拿大、澳大利亚等地都非常吃香。在被美国统治的年代，菲律宾推行过用英语授课的护理教学。菲律宾护士最大的优势便是接受过最先进的护理教学。"

八王子市是东京西部最大的町[一]，在这里，有一家正积极引入外国护士的医院。这便是开办已有五十多年的永生医院。2008 年，日本与印度尼西亚、菲律宾等国签署了《经济伙伴关系协定》（Economic Partnership Agreement，简称 EPA），旨在促进国家间人、物、资金和信息的流动。作为该政策的一环，日本政府开始接纳外国"候补"护士。永生医院对此立即作出响应，2008 年从印度尼西亚、2009 年从菲律宾、2014 年从越南引进了"候补"护士。

在上文提到的"特区"政策下来日的外国家政劳动者，不论在何种情况下，都必须在三年后回国。不过，EPA 的政策有所不同。只要通过了日本的考试，就可以一直在这里工作。失败的话，就得回国。一切都是靠自己的实力决定。

现在，含候补人员在内，永生医院共录取了两名印度尼西亚人、四名菲律宾人和两名越南人作为护士。其中的布尔博·埃克塞尔西斯·约翰（33 岁）已取得日本的护士执业资格。大家都叫他"埃克塞尔"。他个子很高，性格开朗。

埃克塞尔的故乡是位于菲律宾棉兰老岛西部的帕加迪安市。他的父母都在当地的医院工作，父亲是事务员，母亲是护士。受父母的影

〔一〕 町是日本行政区划名称，行政等级同市、村。规模大的町相当于中国的乡镇、街道，规模小的相当于社区、村。

响，他自然而然也成为了一名护士。在当地医院工作的三年间，他负责护理急诊室及一般病房里的患者。之后他本想去英国工作，但菲律宾政府告知他并没有空缺的护士名额。就在这时候，他得知了日本与菲律宾签署 EPA 的消息。

但埃克塞尔当时并不想去日本。他一直从父亲那里听说第二次世界大战时日本兵的恶行，此外有日本黑帮出场的电影在菲律宾也很出名。

"所以我觉得日本是个很可怕的国家，何况语言也不通。不过叔叔劝我，日本缺护士的话，那就去吧。我才下定了决心。"

他在 2009 年来到日本后，大吃了一惊。

"大家都很和善，笑容满面，还非常讲礼貌。我想，幸好来了日本。"

在接受了为期一个月的日语培训后，埃克塞尔来到了永生医院。但一开始交给他的都是像换尿布、洗衣服以及收拾垃圾这样初级的护理工作。因为这时的他还只是"候补"。想要成为一名正式的护士，必须用日语通过日本的国家级考试。

"在菲律宾的时候，我已经作为护士工作过一段时间了。所以，一开始只让我干这么简单的活，还是有点吃惊。不过，做着做着，患者们对我表示满意，我自己也找到了工作的乐趣。"

为了通过国家考试，他开始了高强度的学习。上午的工作结束后，下午要听三个小时应考课程。临考前可以不用工作，专心准备考试。讲师主要是在永生医院工作的护士们。整个医院都在为埃克塞尔加油鼓劲。

他还得到了患者们的鼓励。其中一位男性患者让埃克塞尔至今难忘。这位患者五十多岁，原先是一名警察，当时正在与癌症斗争。同事中有人很怕这位患者，不过埃克塞尔却很乐于在工作结束后与他聊天。

每当埃克塞尔向这位患者抱怨自己又被批评了，对方就会劝慰他："不用放在心上。"还告诉了他很多日本人特有的思维方式。

第一次考试失败了，第二次也失败了。原以为自己一定能通过，埃克塞尔失落得晚上都难以入眠。那位患者鼓励他道：

"一定能通过的，加油。还有第三次机会呢，这次一定能成。"

终于，2012 年 3 月，埃克塞尔通过了日本护士执业资格考试。他马上跑去向那位患者报告这喜讯。

"恭喜你啊。真好，真好。我就说埃克塞尔能行的。"对方像自己的儿子考过了一样高兴。但七个月后，这位患者静静地离开了人世。"我一直很尊敬他，他对我来说就像年长的朋友。"埃克塞尔说着说着，眼眶湿润了。

正式成为护士后，埃克塞尔被分配到了住院部。像打点滴和采血这样的技术活，对他来说完全不成问题。但在语言方面，依旧困难重重。甚至还有患者不留情面地对他说："跟你说不明白。"埃克塞尔一度陷入了不安，自己是不是在拖同事们的后腿呢？

为日语烦恼不已的他曾一度决定去加拿大的医院工作。为了支付出行的费用，他前去银行汇款，这时柜员向他确认汇款的目的。

"因为日语不够好，我总给周围人添麻烦。所以我想，我还是去没有语言障碍的地方吧。"也许是心里很不好受吧，明明只要简单说一下汇款的原因就可以了，埃克塞尔却不由自主地向初次见面的年轻女性柜员吐露了自己的烦恼。没想到对方却反问他："您不想待在日本了吗？日本人对您应该没有什么不满呢。如果去了其他的国家，现在的病人们会想念您的。您哪有添什么麻烦呀！"

柜员小姐这番温暖的话语一下子打动了他那封闭起来的心，给了他莫大的帮助。现在回过头来再想想，他不由得感叹，自己最终决定留在日本，是正确的选择。

去年，埃克塞尔和一位菲律宾女性结了婚，定居在八王子市。原本应该过着幸福的新婚生活，没想到却遇到了一个很大的烦恼，那就是他妻子找不到工作。这不仅是因为她不会说日语，更是因为作为他的配偶，妻子只能以"特殊活动"的名义获得留日签证，即使工作，一周也不能超过二十八个小时。

实际上，即使本人考取了护士执业资格，因为配偶在日本找不到工作而不得不回国的例子也不在少数。永生医院为了避免这样的事情发生，像更换病房的床单以及打扫卫生等工作，通常都是交给外国护士的配偶完成。咨询师宫泽美代子一直以来都是该院引进外国护士的主要负责人，她叹息道："到通过资格考试为止，医院每年在一个人身上就要花费近四百万日元，包括一年三百万日元的工资在内。如果因为配偶的原因要回国的话，那些投入就都打水漂了。我们希望政府能就外国医护人员的配偶们的日语学习和就职问题多多考虑对策。"

然而现实情况是，选择回国的外国护士一个接着一个。到 2016 年为止，共有四百七十二名菲律宾"候补"护士来到日本，其中有一百零二人通过了资格考试，合格率约为百分之二十二。而在这一百零二人里面，现在依旧在日本工作的是八十一人。也就是说，二十一个通过了考试的菲律宾护士选择了离开日本（根据国际厚生事业集团的数据）。他们有人是为了照料父母，有人是为了结婚，也有人像上文所述，是因为配偶无法在日本找到工作。

更为悲惨的是，百分之七十八的候补由于无法通过日本的考试而被强制要求回国。

在日本，护士的数量严重不足。为了缓解这个问题，在国际上认可程度也非常高的菲律宾护士被寄予厚望。但是，日本还是错失了这些远道而来的人才，因为他们无法通过日本的执业资格考试。

菲律宾大使馆的工作人员曾对上文提到的小川副教授说了这样一番话，让她印象深刻：

"这些有经验的候补护士好不容易通过 EPA 的政策来了日本，却有这么多人离开，实在是可惜。（如果日本不好好思考如何利用这些人才）他们就会被别的国家抢走啊！"

不可欠缺的战斗力

在日本，护理员的岗位比护士更缺人手。据推算，随着战后第一批婴儿潮[二]出生者齐齐迈入高龄，到 2025 年将会出现一百万个护理岗位的空缺。

菲律宾以输出女佣和护士而闻名世界，现在，菲律宾人在护理这个行业也开始大展拳脚。

从 JR 龟户站至地铁锦系町站这一块横跨了江东区和墨田区的区

〔二〕　　　出生年代约为 1947 年至 1949 年。

域内，居住着很多菲律宾人，商业街上也林立着菲律宾风味的餐厅及酒馆。

在龟户站搭乘东武龟户线，坐两站到东吾嬬站下车，步行约三分钟后便可以看见一家名为"立花之家"的特别护理养老院。

这里约住着六十位老人，其中约九成患有痴呆症。进入养老院后，每一层楼都可以看见介绍全体员工姓名的白板，名字上都用片假名标记着发音。四十名员工中共有七位菲律宾人。

菲律宾员工自 2005 年起开始在立花之家工作，逐渐成为了一股不可或缺的力量。院长羽生隆司表示："这样的情况完全出乎我的意料。"

2017 年 9 月的某一天，大石特雷莎（47 岁）迎来了自己在立花之家工作的第七年。

"您感觉肿么样（怎么样）？"

特雷莎牵起一位老奶奶的手，笑容满面地与她交谈。老人轻轻敲了敲特雷莎的手，说着"谢谢"。

特雷莎于 1994 年来日，原本是某个国家驻日大使馆的女佣。后来在一次搭乘出租车的过程中，与车上的日本司机情投意合，并与他结了婚。两人育有一女。婚后，她在江东区的森下印刷公司、都营地铁新宿线住吉站附近的铜锣烧店等不同的地方都工作过。

她在 2010 年的时候搬到了墨田区。某一天偶然看见了立花之家的员工招募信息。虽然她从未有过护理的工作经验，但还是抱着试一试的心态报了名，没想到被顺利地录取了。特雷莎说道："做着这份工作，我感到很安心。要说为什么的话，因为我和这里的老人就像家人一样亲近。我的女儿还在读小学的时候，我经常会带她来这里，和老人们一起玩纸牌或是拍毽子。……我的父母早已去世了。我人在日本，一直没能好好照料他们。所以对我来说，这里的老人就像我的父母一样。"

特雷莎的丈夫于三年前离开人世。在养老院里工作，老人们都待她如亲人，内心的孤独也会减少几分吧。

用塔加洛语"互相帮助"

不过，毫无护理工作经验的特雷莎是如何胜任这份工作的呢？除了日本员工耐心细致的指导外，她还强调了一点："这里的菲律宾前辈会用塔加洛语指导我，所以很快就能明白。"

实际上，立花之家有一位奠定了"塔加洛语口头教学"基础的关键人物。她便是疋岛黑尔米尼亚（51岁）。黑尔米尼亚是立花之家的首位菲律宾员工，并持有护理福利士的资格证书。在当地护理机构工作的菲律宾人都十分景仰她。

1986年，为了给罹患白血病的弟弟攒医疗费，她与一名日本男性结婚后来到了日本工作。遗憾的是，弟弟还是去世了。婚后黑尔米尼亚生了两个孩子，为了供他们读书，她打过各种各样的工，比如在酒店整理床铺，在快餐店帮忙等。

为了从事护理工作，十分拼命的她还考取了二级护理人员的资格证书（现改名为初级护理人员培训课程毕业证书）。

但是，不管哪一家护理机构都不愿意录取她。黑尔米尼亚回忆道："即使拜托他们，'只要能录取我，不给我工资都行'，也没有用。因为在当时的日本，外国人是不被信任的。"

黑尔米尼亚为此困扰不已。

就在这个时候，还有一个和她一样束手无策的人，那就是立花之家的羽生院长。养老院里人手不足的问题让他伤透了脑筋，不管发出多少招聘启事，也无人问津。这时，"有菲律宾人考取了护理人员资格证书却找不到工作"的消息传到了羽生院长的耳中。抱着试一试的心态，他面试了四名菲律宾人。这些人的名字都得用一大串片假名标记发音，身上都喷着浓到刺鼻的古龙水。但大家都在日本住了十五年以上，所以用日语对话完全没有障碍。羽生院长几乎像病急乱投医一般，录取了这四个人，其中之一便是黑尔米尼亚。

立花之家的员工中也有人对此表示不满。在接受了院长提出的保持指甲整洁、不得喷古龙水等要求后，四位菲律宾员工最终顺利入职了。她们上岗后没有发生任何问题，老人们甚至点头称赞道："都是很好的人啊。"仔细询问后，大家纷纷表示："她们的脸上总是挂着笑容呢""总是很细心地听我说话"。

菲律宾员工在辅助老年人进食方面的技巧，让羽生院长尤为震惊。由菲律宾人负责照料的老人，食量总是莫名地增加，这是因为菲律宾人"擅长夸人"，老人一被夸奖之后，自然就会食欲大开。

不久之后，越来越多的在日菲律宾人希望到立花之家工作。黑尔米尼亚他们出色的工作逐渐建立起了良好的口碑。

但也并非全都一帆风顺。有时候因为要回国，她们会突然来不了养老院，休很长一段时间的假。为此，不得不教会她们"日本的请假规则"，比如要事前告知休假的时长。此外，虽然她们能说日语，但用日语阅读和书写还十分困难，所以像填写日志这样的书面工作交接也无法完成，必须由日本员工听取汇报后代为记录。

黑尔米尼亚这样说道："确实，菲律宾员工们看不懂汉字，周围人也会觉得'教了也是白教'。但是，大家都想要好好学习，努力提高自己的水平。"

她的实际行动证明了此言非虚。从 2008 年起，黑尔米尼亚就开始准备护理福利士的资格考试。但考试总也通不过。对她来说日语还是太难了。为了支持备战考试的黑尔米尼亚，羽生院长于 2008 年开办了名为"墨田日语教育支援会"的日语教学班，接收的对象是从事护理工作、长期居住在日本的外国人。"支援会"还聘用了早稻田大学研究生院的研究者及现役的护理福利士等作为讲师。黑尔米尼亚坚持听课，终于在第六次挑战时，顺利通过了资格考试。她感叹道："许许多多人都曾帮助过我，我很想向他们报恩。"

怀着这样的想法，2016 年，黑尔米尼亚与其他从事护理工作的菲律宾女性一起组成了名为"阿波特卡马伊"的小组，这个词在菲律宾语中意为"牵手互助"。小组的成员们在护理机构演唱歌曲，表演菲律宾舞蹈，今后还打算组织英语教学的志愿活动。"从事护理的菲律宾人"逐渐开始在东京的下町扎下根来。

流下大颗大颗的眼泪

从事护理工作的菲律宾人，并不都像黑尔米尼亚一样配偶是日本人。

2008 年，和外国"候补"护士一起，"候补"护理福利士也开始通过 EPA 政策被引进日本。在 EPA 政策下，原则上护士资格考试有三次机会，而护理福利士资格考试则必须一次通过。第一次没考过，就必须回国。

一位名为迪亚曼特·朱利安·德琳（36 岁）的菲律宾女性突破了这样的难关，出色地通过了护理福利士资格考试。她于 2011 年来到日本，进入了总部位于德岛县的社会福利法人团体健祥会工作。经过四年的学习，她在 2015 年通过了护理福利士资格考试。2017 年入职位于东京都世田谷区的特别护理养老院"伊丽莎白成城"。

搭乘小田急线，在成城学园前站下车，在一片安静优雅的住宅区步行十多分钟后，便看见朱利安满脸笑容地前来迎接我。

大学毕业后，朱利安在菲律宾国内的一家外资呼叫中心工作了七年。后来因为父亲生病，她开始考虑换工作。

"治疗要花很多钱，所以我想到了去国外工作，收入会高很多。"

于是她决定通过 EPA 的政策前往日本，成为一名护理福利士。

朱利安表示，做护理这份工作，常常会发现很多有意思的事。

"有一位患有痴呆症的老人总是叫我'小百万'。其实那是一家弹珠店的名字（笑）。患有痴呆症的老人都用自己起的名字来记住我。"

其中一位男性病患让朱利安至今难忘。他平时总是沉默不语、面无表情。但忽然有一天，这位男性露出了笑脸，对她说道："谢谢你啊。"

"当时，感觉到他对我敞开了心扉，我心里一阵激动。患有痴呆症的病人，不管发生什么事，马上就会忘记。连自己的名字也会忘记。但是，他们会记住我的脸。每当走到他们身旁时，他们总会对我说：'啊，你来了，真好。'每次听到这样的话，我心里真是高兴极了……"

说着说着，只见朱利安一颗颗硕大的眼泪夺眶而出。我询问她为何而哭泣，她回答道："对于这些养老院的老人来说，我出现在他们人生最后的阶段。所以我总提醒自己，尽量让他们快乐地度过这段时光。已经有好几位老人永远地离开了。一想到他们的脸……"

虽然朱利安的日语并不完美，但她总是耐心地倾听每个人说的话。也许正是因为感受到了这份诚意，老人们才能记住她的脸吧。

在采访时，她不经意间流露出了对东京物价过高的抱怨。虽然很想继续在东京工作，但她也提到："我有很多朋友住在德岛县（他们来到日本后第一个居住的地方），可能在那边生活会更惬意吧。"

朱利安有点儿不好意思地笑了，隐约间仿佛可以听见德岛腔在她的笑声中回响。

※

在生物栖息地的边缘地带，即两个不同环境的交界处，常常能孕育出多种多样的生物，它们总能蓬勃生长。这便是"边缘效应"。

在东京这个世界上屈指可数的超大城市里，生活着一群卖力工作的菲律宾人。在采访他们时，我的脑海中便冒出了"边缘效应"这个词。

在我多年的采访经验中，采访对象边说边流泪的情况并不多见。但这一次，有好几个菲律宾人含着眼泪向我诉说他们与日本人之间的故事。也许是因为他们与日本人之间产生的诚挚而深厚的情谊与丰富而珍贵的回忆，都融入了他们的身体，凝结为他们的眼泪吧。

本次采访中涉及的三个职业，都被视为"3K"工作，即又脏、

又累、薪水又低。几年前，一位通过 EPA 政策来日的护理福利士却认为"保健（健康［けんこう］）"、"费心（工夫［くふう］）"和"共鸣（共感［きょうかん］）"才是"3K"的真正含义（"け"、"く"、"き"在日语中读音分别为 KE、KU、KI），传达出了护理工作积极的一面。本次采访的这几位菲律宾人也表达了对这三个职业的看法，如果要用我自己的语言来概括的话，那"3K"便是"感动（感動［かんどう］）"、"幸福（幸福［こうふく］）"和"感谢（感謝［かんしゃ］）"（"か"、"こ"在日语中读音分别为 KA、KO）。与不同文化的碰撞，能为我们带来许多新的发现，创造许多新的可能性。

作　者

　　西所正道，非虚构写作者。1961 年出生于奈良县。著有《奥运五环的十字架》《"上海东亚同文书院"风云录——不断追求日中共存的五千位社会精英》《这样的痛苦是一种疾病》《绘画 中岛洁——千日地狱绘》等。

11

浮沉于将棋圣地的男儿青春

今天这里也诞生了赢家和输家

北野新太

位于千驮谷的将棋会馆

☀

深夜的街道，一片寂静。

将棋对局室里的灯却依然亮着。

室内的两名男子刚刚结束一场恶战。

濑川晶司，四十七岁。

今泉健司，四十四岁。

赢的人放心地松了口气，输的人则露出了自嘲的笑容。两个人都顶着乱蓬蓬的头发，领带松松垮垮。脸都涨得通红，仿佛白热化的战局仍未结束。

2018 年 3 月 15 日，东京千驮谷，午夜 0 点。时间已迈入了新的一天，但在四楼的对局室"飞燕"内，针对棋局的论战还在继续。这是在决出胜负后，双方回顾比赛经过，分享棋局见解的仪式。

第七十六期顺位战，C 级别 2 组的棋手们迎来了十轮对决中的最后一场。五段濑川对战四段今泉的比赛于上午 10 点开始，一直进行到晚上，两人仅在午餐和晚餐的时候短暂休息过。这一天的节奏是如此紧张，但对于两位选手来说，这早已是家常便饭。

原本，在一阵激烈的对峙后，濑川获得了极大的优势。只要继续稳扎稳打，基本就能获得胜利。但他在落子前的思考时限已所剩无几，接下来将不得不进入"一分钟将棋"模式，即必须在一分钟内落子。在这样的压力下，他下错了一步棋。于是，今泉顺利走出险境，并一下子扭转了局势。

深夜 11 点 16 分，濑川认输。

最终，不管是决出胜负后两个人断断续续的交谈声，还是棋子的清脆声响，都消失在深夜之中。四十枚棋子被收入了棋盒中，棋盒被摆在将棋盘的正中央。两人互相深深地鞠了一躬。这一天宣告结束。

这样的景象在将棋会馆并不是什么稀罕事。深夜，这里总是上演着一场又一场的对弈。

"老新人"

这两个人有一个共通点，就是他们都未能在二十六岁这一年龄限制前成功升到四段（棋手），因而退出了日本的职业棋手培养机构"奖励会"。

之后，两人都以业余选手的身份重返棋坛。濑川在三十五岁、今泉在四十一岁时通过了职业棋手编入考试，圆了成为棋手的梦想。战后，只有这两个人虽未能从奖励会毕业，但依旧成为了职业棋手。

顺位战的顶点是"名人"称号，即当年度的顺位第一名，这是他们自小的梦想。同时，每年将有三位棋手从顺位最下级[一]的 C 级 2 组上升一级，进入 C 级 1 组。今年，属于 C 级 2 组的棋手共有五十人。也就说，升入 C 级 1 组的概率仅为五十分之三。在与濑川对决之前，

[一]　　　顺位战按不同的组别进行比赛。顺位由低至高为 C 级 2 组、C 级 1 组、B 级 2 组、B 级 1 组、A 组。A 组的头名将挑战上一年度的名人。

今泉还有一丝升级的可能性。

如果自己获胜，并且在之前的回合中与自己表现相当的五位棋手，在最后一轮全部落败的话，那自己就可以挤进升级的行列。但这五位棋手在最后一轮中都获胜了。在现场等候着比赛结果的电视台记者们原本期待着今泉这位奇迹般的棋手上演顺利升级的戏码，但随着奇迹的破灭，又纷纷离开了比赛现场。

今泉作为战后年纪最大的"新人棋手"，在顺位战开幕后，与史上最年轻的棋手、六段藤井聪太同时获得了七连胜，登上了 C 级 2 组的首位。但之后，今泉连败两场。他错失了千载难逢的好机会，今年最终的战绩为八胜二负。而藤井在取得九连胜时，已确保了升级的资格。他在当天的最后一轮对决中也轻松获胜，以十战全胜的成绩向名人的宝座迈进了一大步。

由于在最后一轮惨败，濑川的最终战绩仅为四胜六负。他快速离开了会馆，走进了千驮谷的街道。

"也不知道为什么，只要输了比赛，就想赶紧离开会馆。我一直以来都是这样。千驮谷啊……只要来到这里，心情总是起起伏伏的。我还从来没有平平静静地走过这条街。一有比赛，早上来的时候就很兴奋，想着要怎么出招接招。赢了自然情绪高涨，但要输了，心里就非常难受。"

说完他马上走进了和棋友们一同租借的公寓，他们平时会在这里研究棋局。他回到自己的房间，钻进被子里，却怎么也睡不着。

于是他再次走上街，到自己常去的酒吧喝了一杯。在输棋的夜晚，他总是陷入沉思。

是自己太天真了。

今天这盘棋明明胜券在握，完全是因为自己太过天真才输了。

接着，他又拖着疲惫的身体穿过街道，走回了研究室。

这回终于浅浅地睡着了。

将一枚大型王将放在饮水处

千驮谷虽然位于东京都中心，但周围绿意盎然，优雅幽静。北面是新宿御苑，东临神宫外苑，西靠明治神宫，南侧还有表参道的林荫道。虽然面积不大，但足以为时髦的都市生活者带来自然的气息，使心灵得以小憩。只要附近的神宫球场以及秩父宫橄榄球场内不是正在上演激烈的拉锯战，千驮谷总是被包围在一片静寂之中。

地名中包含的"驮"是在江户时期确立的重量单位，指一头马能够背负的货物总重量，一驮约等于一百三十五公斤。很多人相信，该地名的由来是这片土地能日产一千驮茅草，不过也难辨其真伪。

随着时代从江户变为明治，天璋院笃姬[二]离开江户城，迁入德川宗家位于千驮谷的府邸，正好位于现在 JR 千驮谷站站前。笃姬在这里度过了她的晚年，直至明治十八年（1883）去世，享年四十七岁。

从明治时代到昭和初期，千驮谷一直是养牛的牧地。二战期间美军对东京进行大规模战略轰炸时，这一带遭受了尤为严重的袭击，到

〔二〕　　笃姬（1836—1883）是日本德川幕府第十三代将军德川家定的正室，在幕末维新的动荡时期发挥了很大的政治斡旋作用。由于丈夫在婚后不久就病逝，笃姬落发为尼，戒名全称"天璋院殿从三位敬顺贞静大姊"，通称"天璋院"。

处都化为了焦土。

新宿站一天的客流量超过三百六十万人，被吉尼斯认定为世界第一。从新宿站出发，搭乘被称为"黄色电车"的中央总武线，往千叶方向行进，总武线在千叶各站都会停靠。经过代代木站，下一站便是千驮谷站，一共只花了三分钟。千驮谷站一天的客流量在中央总武线途经的各站中是最少的，大约只有一万九千人。它仿佛谦逊地藏身于首都高速公路四号线的下方。

作为将棋圣地的象征，1980 年，一枚大型的王将棋子被摆放在了千驮谷站站台的饮水处。这可以算是千驮谷站唯一的特别之处了。不过，随着 2020 年东京奥运会开幕的临近，为了确保车站通行无障碍，这枚大棋子被撤走了。预计它将在奥运会结束后，再次摆放于此。

千驮谷站只有一个检票口。出站后，在新叶生长的季节里，街道两侧郁郁葱葱。站前是一个交叉口，头顶的天空一望无际，仿佛远离市区。

在视野南端，伫立着千驮谷的地标建筑东京体育馆，它那由硬铝制成的金属顶棚在阳光的照耀下熠熠生辉。

从外观上看，体育馆仿佛一架巨型飞船，正停靠于此等待着飞往下一个星球的任务。不过这并没有给人一种怪异之感，反而意外地与周围的街景相得益彰。在主场馆前的广场上，平缓的石阶向四周无限延伸。

1990 年 2 月，由建筑师槙文彦设计的东京体育馆正式竣工。他师从丹下健三，并是继丹下后第二个获得建筑界诺贝尔奖"普利兹克奖"的日本人。2018 年 9 月，槙文彦将迎来九十岁的生日。

"我首先考虑的是希望大家每次经过这里时能心情愉悦。就算体育馆里没有比赛，也能带着孩子来眼前这片广场上玩玩投接球，或是在草坪上练练芭蕾。我想让这里变成大家都能自得其乐的地方。"

沿着广场上的石阶向下，穿过主场馆、泳池、户外田径场，便可通往神宫外苑的西侧以及国立竞技场。槙从刚开始设计体育馆的时候，就考虑到了这样自由通行的功能。

"我不想把这里仅仅设计为一个体育馆。我希望到访此地的人，就算只是坐在咖啡馆里聊聊天，也能感到惬意和自在。我还强烈地希望，这里作为建筑物能够融入千驮谷这条平静祥和的街道。到现在为止，不管体育馆里举办什么样的赛事，千驮谷还没有出现过拥挤不堪的状况。我希望体育馆建成后还能保持千驮谷的原有景致，甚至有所提升，继续给人们的内心带去平和。"

在 1964 年的东京奥运会上，旧的东京体育馆被用作体操和水球的比赛场馆。1984 年，随着场馆的老化，旧体育馆不得不推倒重建。被指定为新体育馆设计师的槙却碰上了一个难题。他接到指示，新建成的体育馆能够容纳的人数必须达到原来的两倍，即从四千人增加到八千人。但根据城市规划法，为了保护法定自然景观地，体育馆的高度不得超过二十八米。要同时达到这两个严苛的要求，着实困难。

"况且，用地面积本来就不大，这可真是个艰难的挑战。后来，我想到设计下沉式的场馆，把主场馆近一半的高度都控制在地下，终于解决了高度限制的问题。"

既保持外观的简洁、美观与现代，又能为公众带来舒适的体验，这便是槙的建筑哲学。东京体育馆成为了与代官山复合建筑"Hillside Terrace"齐名的代表作。后者于 1967 年动工，耗费了二十五年才建成。

槙与千驮谷一带的渊源颇深。津田塾大学的音乐厅"津田大厅"（1988 年建成）与东京体育馆的西侧仅隔着一条马路，也由槙设计而成。津田大厅于 2015 年闭馆。太比雅（Tepia）宇宙科学馆（1989 年建成）与神宫球场相邻、外形简洁冷峻。多功能建筑螺旋体大厦（Spiral Building，1985 年建成）位于表参道国道二四六号线附近，其造型由螺旋状的斜坡组成，大胆前卫。这两处都运营至今。不论哪一个建筑，都极具现代特色，又与千驮谷一带的景致相得益彰。

爵士酒吧的老板

我从千驮谷站前的交叉口出发，朝着东京体育馆的方向穿过左侧的人行道，沿着笔直的街道步行约两百米后，便看见了林立着咖啡馆等店铺的街边一角。

在其中一幢楼房的地下，有一家名为"查科·雨宫"（CHACO AMEMIYA）的牛排店。冒险家三浦雄一在出征喜马拉雅山之前一定会来这里用餐。这幢楼的外侧，有一条从地面通往二楼店铺的石阶。二楼的租户换了好几回，现在是一家意大利餐厅。而在 20 世纪 70 年代后期至 80 年代前期，那里是一家可以听到现场演奏的爵士酒吧。

1978 年 4 月 1 日，那家店当时才二十多岁的老板离开酒吧，步行约十分钟后到达神宫球场，观看养乐多队对战广岛队的开幕赛。在那一年秋天的棒球赛季中，养乐多队大放异彩，第一次夺得日本第一。

第一回下半场，无人出局。刚从美国来的新人选手戴夫·希尔顿一下子将对方投出的球击到左外场，形成二垒打。看到这一幕，老板心里冒出了一个想法，是啊，我也可以试试写小说。

于是，酒吧的营业时间结束后，他便开始在厨房里写作。处女作《且听风吟》在第二年获得了文艺杂志《群像》的新人奖。评委丸谷才一将这位新人的登场评价为文坛的大事件。

约四十年后，在夜里等待诺贝尔文学奖得主的发表，已成为了千驮谷每年 10 月的固定活动。此刻，一群志同道合的人正在鸠森八幡神社内举办倒计时活动。这个与作家村上春树渊源颇深的神社，就位于他经营过的爵士酒吧"彼得猫"的前方。这会儿，听不见活动参与者的欢呼声，但在一阵叹息后，他们又逐渐绽放出平和的笑容。

我在神社内顺时针踱了一圈后，沿着平缓的下坡离开，忽然就看见了刻有"将棋会馆"四个字的招牌。

1961 年，即东京奥运会召开的三年前，旧的将棋会馆刚在这里建成，这是它搬离中野后的新据点。当时，将棋界一片欣欣向荣，棋局不断增加，木制的二层小楼很快就容纳不下那么多人了。建设新会馆的呼声越来越高，最终担此重任的是之后成为第十五代名人〔三〕的将棋大师大山康晴。

大山亲自向松下幸之助、土光敏夫等财经界知名人士低头恳求，在故乡冈山县也拜访了无数的企业，为了募集建设会馆的资金而四处奔走。之后成为第十六代名人的中原诚也在家乡宫城县寻求支持。

最终，他们得到了原日本船舶振兴会会长笹川良一的大力支持，更得到了全国超过两万三千名粉丝提供的个人支援，成功募集到建

〔三〕　　　在顺位战中五次夺冠可获得"永世名人"的资格，大山是史上第十五位获此殊荣的棋手。

设资金六亿日元。1976 年，地上五层、地下一层的新会馆终于落成。这幢钢筋混凝土构造的红砖楼在当时是相当引人注目的时髦建筑。

在落成仪式上，大山向大家宣告："新会馆是钻研棋道的修炼场，是专业和业余棋手促膝交流的沙龙，更是讴歌前进的棋界广场。"

近年来，虽然分两次进行了加强抗震性的施工，但会馆的外观和内部装潢与建成时并无二致。一、二楼是商店及道场，会有一般访客进出。三、四、五楼是只有内部人员才能进出的日本将棋联盟事务局以及七间对局室。

楼梯上总是坐着许多大口吃午饭的孩子，棋手们从他们中间穿过，向上走进对局室，仿佛进入了与孩子们完全隔绝的另一个世界。这样的景象，常常在会馆内上演。不断进化的电脑软件被运用到了日常的研究中，现代将棋跟上了技术发展的脚步。不过当棋手对决时，依旧保留着与四十年前相差无几的原始模样。

1982 年的一天，正在放长假的濑川晶司第一次拜访了将棋会馆。

"当时我还在读初一，一心只想着下将棋，喜欢得不行。我常去横滨郊外的一个道场练棋，后来和当时的棋友决定，一起去外地修行。我们要去代表着全日本最高水平的将棋会馆试试自己有多大能耐。"

在千驮谷站下车，步行约六分钟后，会馆出现在了自己面前。他因太过兴奋而全身颤抖了起来。不过一旦进入二楼的道场，面对棋盘坐下后，他屡战屡胜。

"那时候我已经把成为职业棋手当作人生目标了，所以也没觉得自己有多厉害。"

两年后，濑川在全国中学生选拔大赛中获胜，进入了职业棋手培养机构"奖励会"。当伸手叩响这个世界的大门时,他坚信自己将来一定能成为职业棋手。

接下来,他搬到了中野,开始一个人生活。每天前往千驮谷,参加每月两次的对局日"例会",记录棋手们参加的公开棋赛,在道场内打工。这样的生活持续了十二年。

"明明在市区,却很安静,不管是以前还是现在我都很喜欢千驮谷。和我刚来的时候比,这里的环境几乎没有什么变化。可以说是非常适合下将棋的地方吧……不过,要等我成为职业棋手后,才真正理解了千驮谷的美。在奖励会的时候还太年轻了,对当时的我来说,下棋的地方,就是战斗的地方。"

每次例会结束后,奖励会的会员们都会结伴走到代代木。大伙聚在便宜的家庭餐厅,待上好几个小时。要是哪天输了棋,就聊些无伤大雅的话题,抚慰彼此内心的屈辱和不安。

在常去家庭餐厅的另一个团体内,有一个谁也无法忽视的少年。他戴着大大的眼镜,大家给他取了个昵称叫"羽生善"。他如超新星一般横空出世,迅速升级升段。这位少年后来摘得"永世七冠〔四〕"的称号,并获得国民荣誉奖。

濑川和这位少年同为昭和四十五年(1970)生人。濑川早生于他,所以高一个年级。就在濑川进入奖励会的第二年,即1985年,这位名为羽生善治的少年就早早地升到了四段,成为继加藤一二三、谷川浩司后史上第三位中学生职业棋手。所以,濑川同他根本没有什么同

〔四〕　　　指在将棋的七大头衔赛中,均接连夺冠并获得"永世"资格。

龄人之间的交流。与仅用三年时间便完成修行成为职业棋手的羽生不同，濑川经历了漫长的岁月，才一步一步升了上来：六级、五级、四级、三级、二级、一级、初段、二段……每到对局的日子，早上他便会顺路去鸠森八幡神社参拜。1986 年，日本将棋联盟将一枚高一点二米的巨型棋子供奉在神社内的"将棋堂"里。濑川站在这枚棋子前，双手合十，祈愿道："请让我赢！"

1990 年，二十岁的濑川是二段棋手。在这一年，东京体育馆建成，当时发生的事他还清楚地记得。

"当时，我常常会走过这里。这里宽敞开阔，所以在上下午的对局之间休息的时候，我会来这里散步，坐在体育馆前的长凳上放空自己……"

1992 年的春天，二十二岁的濑川升到了三段，离职业棋手只剩一步之遥。由于存在年龄限制，他必须在四年内升到四段。为了跨出这一步，苦苦挣扎的日子开始了，沉重而希望渺茫。去将棋堂参拜的习惯，也在不知不觉间放弃了。每输一局棋，绝望就向他袭来。但同时，又沉溺于玩乐。濑川位于中野的公寓，一直是奖励会会员们聚在一起放松的地方。

"不管发生什么事一定要赢。我木以为，只要怀着这样必胜的决心，坚持战斗下去，一定可以升到四段。没想到，事与愿违，我失败了。"

在从三段升到四段的联赛中，三十多名三段棋手每人都要在半年的时间内，出战十八场棋局。大家的实力毫不逊色于职业棋手，但只有前两名才有资格荣升四段。四年内，濑川在这八次联赛中，不断向梦想挑战，但上天并没有助他一臂之力。每半年的十八场比赛中，他总能赢七场以上，但没有一次能超过十一胜。必须要达到十二胜至十

浮沉于将棋圣地的男儿青春   227

四胜才有可能升段，他最终没有跨过这道门槛。濑川还是缺少了某种能让他脱颖而出、屹立不倒的关键因素。

1996 年 2 月，同龄的羽生善治成为史上第一位包揽将棋界七项冠军头衔的棋手，而濑川则退出了奖励会。自小学起，将棋就是他唯一追逐的梦想，如今就这样被剥夺了。只剩下除了将棋以外一无所知、二十六岁的自己。

"我都不记得确认退会的那一天，自己是怎么离开千驮谷的了。我只记得坐电车到了中野，没有回自己的房间，而是在街上漫无目的地走了好几个小时。"

濑川迎来了最后的例会。这是自他接触将棋以来，第一次面对胜负已毫无意义的棋局。例会以他的连胜结束，他起身向伙伴们告别。

"结束后，我走在千驮谷的街道上，心想，以后再也没有机会走上这条路了吧。"

每个离开奖励会的人都会被赠予一副"退会棋"。走出会馆时，他手里也拿着一副。

"不知道为什么要给我这样的东西。我可再也不打算下将棋了。"

和村山圣打麻将

濑川本以为自己不会再出现在将棋会馆，没想到几个月后，因为有事而故地重游。他往四楼的讨论室"桂"里望了一眼后，马上有人向他打招呼："哎！这不是濑川君嘛！"

这人便是与他同一年级的村山圣。村山患有肾动脉硬化，但在顺位战中已升至A级，是名人称号的有力争夺者。村山是奖励会的会员，又是 A 级棋手。两个人的身份已相去甚远，但村山总是很关心濑川，过去常常一起打麻将。"你怎么说退会就退了啊……要是告诉我说一声的话，还能给你饯行呢。""行，那你现在给我办吧！"两个人笑着说了再见。没想到，这是他们最后一次见面。

1998 年 8 月，二十九岁的村山怀着未竟的名人之梦，离开了人世。而濑川的父亲也在同年 6 月因交通事故而逝世。

"父亲走后不久，很快又听说了村山君去世的新闻……我一下子陷入了无法摆脱的孤独之中。"

自己应该做些什么，该如何活下去呢？为了寻求再生，他再一次拥抱了将棋的世界。奖励会时期读的棋谱和书籍都被他烧干净了，不过还留下了一副将棋，正是他放弃梦想的那一天收到的退会棋。

"那副棋我现在还在用呢。是做工十分精细的雕刻将棋，只要摸一下那棋子，就能回想起自己最初决定下将棋时的心境。"

濑川从二十七岁开始上大学，毕业后成为了一名上班族。他一边在 NEC（日本电气公司）的关联企业内担任系统工程师，一边参加业余将棋比赛。

这一次，他不必再与失败的恐惧斗争，而是纯粹地享受下棋的喜悦。这样的心态使他的棋艺大放光彩。他接连获得了"业余名人"、"业余王将"的称号，甚至在出战职业将棋公开赛时战胜了不少职业棋手。战胜 A 级棋手久保利明后，他对战职业棋手的胜率已超过了七成。这时，周围的人开始纷纷鼓励他争取破例成为职业棋手的机会。

2005 年，在职业棋手编入考试的六轮对决中，他赢了三局，成功通过了考试。濑川成为了战后第一名被特例编入的职业棋手。

浮沉于将棋圣地的男儿青春

2018 年的秋天上映了由松田龙平主演的电影《爱哭鬼的奇迹》，正是取材于濑川的故事。这是继《圣之青春》《三月的狮子》之后又一部描写将棋的电影，向世人传达了何为梦想。

"村山君的一生自然是值得被拍成电影的。没想到，我也能成为主人公……"

第一次站着吃荞麦面

羽生善治有一个十多年前就养成的习惯。

除了酷暑和严冬，在有对局的早上，他总是在 JR 的涩谷站下车，然后步行到将棋会馆。这是一段约三千米的路程，大概得花上三十分钟。他从涩谷站的东口出站，沿着明治大街往北走。一路经过居民区，穿过商店街，最终抵达将棋会馆。

"走在路上的时候，脑子里什么都不想，只是放空。千驮谷一带非常适合散步。走在这里常常会有新的发现，街上有什么变化一目了然。以前这里开着很多服饰类的店铺，最近自行车的店倒变多了。看来，有越来越多的自行车爱好者搬来这里啊……"

走着走着，还能清楚地发现，不论是涩谷还是千驮谷，都恰如其名，是"谷"。

"青山确实是'山'啊。从青山往千驮谷走，很快会发现自己在走下坡路。"

对于散步爱好者来说，绘画馆一带、神宫外苑都是理想的散步路线。

"我也很喜欢日本青年馆、明治公园那一带。不过现在已经变成了新国立竞技场的一部分，样子完全变了……"

过去，在有对局的日子里，羽生常常会到千驮谷的街上吃午饭、晚饭，饭后也会在这里休息。在安静的街道上散步，总能让自己暂时忘却棋盘，转换心情。不过，随着电脑软件的飞速发展，自 2016 年以后，棋手被规定在对局结束前不得擅自外出。

"千驮谷的环境非常适合下将棋。从我刚开始下将棋起，将棋会馆就一直是在千驮谷这里，所以有着很深厚的感情。"

自奖励会时代起他一直光顾的代代木的家庭餐厅，现在已经消失了。他和森内俊之、佐藤康光、乡田真隆这些棋手一起笑着长大，共同创造了属于他们的时代，互争高下。森内自小学四年级起便一直是同龄棋手中的佼佼者，成为永世名人的时间甚至早于羽生。最近，他来千驮谷的原因发生了改变。2017 年 5 月，他成为了日本将棋联盟的专务理事，作为联盟内的二把手辅佐同年 2 月出任会长的佐藤康光。自小学起便是赛场的千驮谷，第一次同时变成了他上班的地方。

"我们俩一路以来携手共进，同时又在棋盘上你争我夺，最后居然一起成为了管理层，还是有些不可思议。在此之前，来到这里的唯一目的就是比赛，所以每次来的时候多少有点紧张。不过现在来千驮谷主要是为了日常工作，心境也自然发生了改变。"

森内和羽生一样，也对千驮谷抱有深厚的感情。

"虽然在市中心，却很安静，是下将棋的绝佳场所。在这里经历过无数次对局，回想起来，许多事记忆犹新。第一次站着吃荞麦面，也是在千驮谷站呢（笑）。虽然那家店早就关门了……我很喜欢一边望着外苑的景色，一边散步。在与千驮谷一次又一次的接触中，不断获得成长，这样的喜悦丝毫不会随着时间的流逝而消散。"

濑川已和千驮谷结缘三十五年，职业棋手的生涯也迈入了第十四年。

"以前还是奖励会会员的时候，总是低着头走过这里。到了现在，也不能说是昂首挺胸……但至少，变得和普通人一样，走路时能目视前方了。"

濑川至今的战绩是二百零六胜一百八十二败（截至 2018 年 3 月末），还未在将棋的各大头衔争夺赛中杀进过决赛。在四十八岁这样的年纪，或许很难再取得爆发性的成长了。

"不过，羽生君现在依旧保持着最佳状态。所以，我也不愿意把年龄当作自己失败的借口，还得赢更多的比赛啊。但是能把喜欢的事当作工作，对我来说这已经是极大的满足了。我喜欢作为一个棋手下棋，也喜欢所有下棋的人，跟将棋有关的任何东西我都很喜欢。"

这位即将迈入五十的男子，看待自己的角度也有所转变。

"我越来越意识到，人的本性是很难改变的。一直以来，在比赛的时候，我自以为是怀着必胜的决心在战斗，但和其他的棋手比起来，还是不如他们那样义无反顾。现在我只能接受自己的缺点，继续战斗下去。我想在这里创造辉煌，希望千驮谷一直都是棋手们的舞台，祝愿千驮谷永远与将棋共存。"

槙文彦的直觉

棋手们都希望千驮谷保持一直以来的风貌，但这里也是差点就发生了翻天覆地的变化，是槇文彦成功阻止了这样的事发生。2012 年，建筑师扎哈·哈迪德对新国立竞技场提出的改造方案被采纳。当时，槇文彦第一个站出来表示异议。

"我觉得太大了。这里的建筑物最高也只有二十五米，要在绘画馆旁边建一个足足七十米高的超大体育场，我实在无法认同。看设计图的时候，就产生了这种不适感。作为一个能从设计图判断建成效果的建筑师，我认为该说的话现在必须要说。"

果然，这套方案在环境、费用等方面出现了各式各样的问题。槇的意见极大地推动了舆论的转向。2015 年，政府撤回了扎哈的方案。

之后，建筑师隈研吾在充分考虑了周围环境后，提出了新的方案。新方案的施工十分顺利，新的体育场已初具雏形。按照设计，到了晚上，体育场的各个楼层会亮起整齐划一的灯光。

"新国立竞技场竣工后，周围的环境应该也会有所变化。我希望它能作为千驮谷的一部分，让这条街区变得更好。当人们在这里散步的时候，不会对它产生不适感。现在，人们越来越集中地居住在都市圈内。正因如此，我们这些建筑师如今面临着新的考验，那就是能否设计出让人们走在其中时感到心情舒畅的、人文气息浓厚的街区。"

其实，槇也自小就喜欢将棋。在 2018 年 2 月的朝日杯公开赛中，羽生善治与藤井聪太首次正式对决。槇特地前往比赛现场（有乐町朝日大厅）观战。

"小时候总下将棋，现在也会追着看 NHK 和 Abema TV 等频道播放的比赛。一不当心就会看到深夜……谁赢了，谁输了，总是牵肠挂肚啊。我们在设计上也有比稿，不过完全无关输赢。也许只有在追问自己有没有做出一个好的建筑时，才会产生胜负。"

浮沉于将棋圣地的男儿青春

2017 年春天，在位于千驮谷站站前的"津田大厅"的西侧，津田塾大学新设立的综合政策学部的校舍完工，同样也是槇的设计。屋顶建有一个庭院，可以眺望新宿御苑的自然风光，同时还有种满盆栽的中庭。直至今天，槇也依旧在为千驮谷平和的景致贡献着自己的一份力量。

大山康晴和藤井聪太

2018 年 4 月 10 日，在将棋会馆四楼的特别对局室内，上演着第三十一届龙王战第五组排位赛。六段藤井聪太与六段阿部光瑠激战正酣。

最后，两人都进入了一分钟模式。试图逆转局势的阿部使出必杀技，一下子使局面变得复杂了，而藤井却没有产生丝毫动摇。

年仅十五岁的藤井才刚出道没多久，一路以来意气风发，现在更渐渐展现出了百战百胜的王者风范。

晚上 10 点 41 分，阿部认输。

时间已经进入了第二天，针对棋局的论战还在继续，藤井发出阵阵爽朗的笑声。他仿佛毫不知晓失败的可怕，即使谈到决定输赢的最后时刻，也仿佛只是在聊一场演出，他在其中充分感受到了所爱之物的魅力。

深夜 0 点 40 分。藤井走出了这幢红砖楼。

刚刚结束高中入学仪式不久的同学们都已预习完第二天的课程，进入了梦乡。只有藤井一个人，还身处距离学校所在的名古屋市三百五十公里之外的东京千駄谷。他开始了与同学们完全不同的人生，将要在一个只有输赢的世界生存下去。

"三段联赛的最后一天（确定升为四段的日子）才终于第二次来到千駄谷。但我很喜欢这里。在这里，心情总是很平静。还有很多时髦的咖啡馆……不过，现在的我还和这些东西无缘……一抬头还能看见鸠森八幡神社，我特别高兴能在千駄谷这样的地方一直战斗下去。"

藤井现在就站在四十二年前的落成仪式上大山康晴迎接宾客的地方。深夜里，周围早已是黑压压一片，但藤井爽朗的笑容却让人仿佛置身晴天午后。他郑重地向我鞠过一躬后，钻进了出租车后排的座位，前往正独自在东京都内出差的父亲的住所。

将棋会馆前的坡道上顿时没有了丝毫声响。两年后的奥运会上，观众们的拍手喝彩声将响彻新国立竞技场。在棋盘上龙争虎斗的棋手们是否也能听得到呢？

平静祥和的千駄谷再次迎来了朝阳，新一轮的战斗即将打响。夜晚，这里又会诞生新的赢家和输家。

作　者

北野新太，《报知新闻》记者。1980 年出生于石川县。

著作有《透明的棋手》《等身的棋手》等。

12

JR 货运"隅田川站"的当下

没有乘客的线路为何还能保留至今?

长田昭二

从土浦站发车、前往隅田川站方向的二〇九二次货运列车

☀

在深秋里某个周一的早上，我拜访了隅田川站。

有多少人听说过这个站名呢？其实不知道也很正常。隅田川站是货运专用站，不会有客运列车进出，大多数普通市民不会特地来到这样的地方。

隅田川站位于常磐线南千住站的东侧，是日本首屈一指的货运站，占地面积足有五个东京巨蛋那么大，拥有十六条始发终到线路，十二条货物装卸线和五片集装箱堆放场。位于品川区八潮的东京货运总站（简称"东京 TA"）是东京都内另一个大型货运站。这两个货运站成为了首都圈内铁路货运的基地。停靠在"东京 TA"的货运列车主要往返于关西及九州等西部地区，而隅田川站的列车则通往北海道、东北及新潟等地区。用客运站类比的话，和不久之前东京与上野两大客运站相似。

隅田川站和"东京 TA"都由日本铁路货运公司（简称"JR 货运"）负责管理。1987 年，JR 货运从日本国有铁路中被剥离出来，独立运营。在政府推行国铁分割民营化[一]的当时，它一度被视为累赘，人们甚

[一]　中曾根康弘内阁将日本国有铁路拆分为六个地区性铁路客运公司以及一家全国的铁路货运公司，分别为 JR 东日本、JR 东海、JR 西日本、JR 北海道、JR 四国、JR 九州与 JR 货运，并对它们进行民营化改革。这些公司自 1987 年 4 月 1 日起开始营业。

至偷偷议论JR货运将被"安乐死"。

对于铁路迷之外的大多数人来说，JR 货运就像 JR 东日本线和 JR 西日本线一样陌生。平时可能很少有人会注意到它们的存在。

但实际上，随着亚马逊等电子商务企业的蓬勃发展，日本的物流量在不断增加，而正是 JR 货运在支撑着物流的顺畅运转。

平日里，我经常采访、撰写"医疗"题材的文章。这个领域的内容丰富而广泛，每次采访的时候都受益匪浅，总是让我兴致盎然。

不过，偶尔还是想涉足一下其他的领域。因此，这次我打算就过去曾采访过的铁路以及其中的"东京的货运列车"写一篇文章。

铁路上行驶着各式各样的列车，不过我个人最喜欢的还是货运列车，原因正在于"人无法上车"。根据相关规定，货运列车严禁搭载乘客。当今这个时代，只要有钱，飞向宇宙都不成问题。因此，花钱都坐不到的货运列车，可以说是最为奢侈的交通工具。

此外，我还十分憧憬行驶着货运列车的"货运线"，这是我钟爱货运列车的另一个原因。我在横滨度过了少年时期。小学和中学的时候，放学后总会骑着自行车徘徊在本牧一带。货运专用线的铁轨直通港口，轨道表面几乎完全被旺盛生长的杂草覆盖住了，看起来远不如客运专用线的铁轨气派。但是，就是这样寒酸的铁轨，也可以通往主干线。无人问津的破旧货车，只要有人下达指令，也可以通往东京站、大阪站，甚至是青森和博多。一想到这样的景象，年幼的我总是心潮澎湃。不过，我也会忍不住怀疑，像这样破败的地方，真的会有列车经过吗？越是这样怀疑，当列车真的疾驰而过时，我就越是高兴。

也许是因为年少时的回忆，即使现在已年过半百，每当在傍晚或是阴天眺望着那些通往港口地区的工厂或是通往外地的仓库的货运专用线时，一阵难以言表的乡愁就会向我袭来，有几分二阶堂大分麦烧酒的电视广告[二]传达的那种韵味。

物流的主力军变成了卡车

隅田川站的形状很像一只五指张开的左手，"大拇指"是货车区，配备有货车的检修设施。"食指"是货运列车的始发终到线，"中指"和"无名指"处有货物装卸线等，"小指"的指尖处则有机车的检修库。

过去，隅田川站的范围延伸得更广。始于"指尖"的线路直通几百米之外的隅田川。线路与线路之间还有入水口，形成了船坞，便于货车和货船直接交换货物。

但到了战后，随着物流主力军的地位被卡车夺走，隅田川站的规模日渐缩小。到了现在，隅田川站与隅田川之间高层公寓林立，丝毫看不见水运时代的痕迹。

从南千住站往隅田川站的站本屋（包含车站内主要设施的中心建筑物）的方向走，会经过一条横跨"手腕"部分的天桥。为了此次的采访，我在这条天桥上来来往往了许多趟，每次总能看见有一两个人站在桥上眺望站内的作业情况。说起来，隅田川站至东京站的直线距离为六公里，至上野站仅为三公里。在这片被公寓包围着的市区内，

....

〔二〕　　　自 20 世纪 80 年代至今，该公司拍摄了一系列以"乡愁"为主题的电视广告，独具艺术气息。

居然会有一个货运站，简直是不可思议。这种有别于日常的特殊空间让人百看不腻。

站本屋内可以对站内全景一目了然，运输副站长高野亲一（45岁）平时工作的位置更是视野绝佳。他的级别仅次于站长，负责统筹每日进出站的货车的运转业务。2018年4月，他从"东京TA"调到了隅田川站。

"如果列车都按着时刻表准时运行的话，那我可就失业啦。"高野十分谦逊地说道。但实际上，他的工作量非常大，还包括在确认集装箱被妥善放置后，向信号接收者下达发车的指令等活儿。

"有时候，马上就到发车的时间了，货物的检查却还没完成，那可真是叫人心急。"

极度简化

过去，首都圈内各地都有货运列车专用的线路。但随着民营化的推进，JR货运不得不对业务进行大幅压缩，将很多线路及其他资产转交给了铁路客运公司。于是，客运列车开始行驶在曾经是货运列车专用的线路上。

像埼京线、横须贺线的部分线路、京叶线及武藏野线曾经都是货运列车的线路。现在，货运列车却不得不借用铁路客运公司的线路来行驶，时刻表自然也是铁路客运公司安排的。所以，一旦因货物检查而导致延迟，就会产生各式各样麻烦的连锁反应。对于JR货运的员工来说，按时运行的重要性仅次于安全。

高野苦笑道："即使回到了家，心里那根弦还是紧绷着，总在想'快没时间了'。就算对孩子们，也总是不自觉地严厉要求他们守时。"

其实，高野一直很向往列车驾驶员的工作。他毕业于岩仓高中。那是日本最早的铁路学校，大多数学生毕业后都会从事铁路相关的工作。

"我想开的是机车而不是电车，所以毕业后进了 JR 货运。没想到，进公司后，没通过成为驾驶员的职业适应性测试。真是不甘心啊，我到现在都很羡慕能驾驶机车的人。"

大部分客运列车都是"电车"。所谓电车，是指车身下安装有电动机、可自动行驶的车辆。与此相对的，货运列车则是由"机车"牵引着"货车"前行，"货车"本身无法提供动力。随着蓝色列车（Blue Train）等由机车牵引的客车车型被逐渐淘汰，现在日本除了一部分特别列车之外，由机车牵引的列车基本只剩下货运列车了。

正因如此，高野比谁都更热爱货运列车。

"我每次看到有孩子在天桥上眺望车辆的调配，就会忍不住上前询问他们喜不喜欢货运列车。我自己从小就很喜欢货运列车，这样的孩子即使只多一个，也很高兴啊。"

大野贵幸（39 岁）也毕业于岩仓高中，作为运输主任，他主要负责车辆调配以及信号操作。小时候，家附近的车站内会有货运列车进出。他正是眺望着这样的景象长大的，现在也从事着相关的工作，仿佛高野的期望在他的身上得到了实现。

车辆调配以及信号操作，是货运站工作中的重中之重。转换道岔，移动货车，按照计划编排车辆。这些工作流程看上去就像拼图一样有趣。

"开始作业前，要充分考虑将要被替换上的货车在何处连接，以及保持不动的车辆停放在何处，在此基础上制定作业计划，力求高效地完成货车的重新编排。仅完成这一步，已经能感到很充实了。当实际的作业情况和自己设想的一样顺利时，就分外有成就感。"

此外，还有在隅田川站工作才能感受到的乐趣。

"很多货运列车是从北海道以及新潟等地开来的。到了冬天，它们进站的时候，车顶上还积着厚厚的雪呢。清扫的时候，就能感受到北海道的雪与新潟的雪有所不同。待在这个大城市的车站里，平时可看不见雪啊……"

货运列车带来的不仅是物资，更把外地的生活气息一并运到了东京。

"一个拳头"的间隙

客运列车进站以后，乘客们就会自觉地走进车厢。但当货运列车进站时，只要"人的手"不动，货物可不会自动上车。搬运货物的工作全部由叉车完成。

有时，左右两边已各放了一个集装箱，还得往中间再放一个集装箱。当小心翼翼地将它插入其中、装进货车后，它与旁边的集装箱只相隔"一个拳头"的距离，这简直是神一般的操作。

JR货运北关东物流公司是JR货运集团的关联企业。川濑达也（41岁）是其隅田川营业所的主任，他笑着说道："习惯了就好了。不过，在更需要慎重对待的工作上，比起速度，还是安全第一。因此，为了准时发车，必须安排对操作更得心应手的同事在一旁辅助。每一队有十三人。我们的团队合作都非常出色。"

工作为二十四小时制，从早上 8 点至第二天的早上 8 点 15 分。在隅田川站，有很多在深夜出发和到站的列车，所以他们的工作以夜间操作为主。

"到了晚上，视野会变差。但也有夜间才能看见的风景，所以我并不讨厌在晚上工作。"

我也很想站在天桥上，眺望一次夜间的列车调度场。

镰田充（43 岁）是隅田川站的市场营销部主任，主要负责"前端业务"。他说："等叉车把集装箱都装上货车后，我们就上前一个一个仔细检查。比如，集装箱的门有没有锁好，有没有被平稳地放置到货车上，集装箱到底有没有被放在指定的货车上等。一辆二十节车厢编组的列车，大概要花三十至四十分钟才能检查完。"

自 1997 年进公司以来，他就一直负责"前端业务"。

"我倒也不是什么铁路迷。不过在休息的日子里，开着车带女儿们出门的时候，一看见货运列车，她们就会大喊：'那车是爸爸上班的公司的！'每次听到这样的话，心里还是很高兴啊。"

铁路运输的一大优点是二氧化碳的排放量少。对于利用铁路运输商品的制造商来说，这也是一种提高商品价值的方法。在被批准后，由铁路运输的商品可以在外包装上贴上"节能铁路运输"的标识。

"比如在超市买东西的时候，发现贴有这个标志的商品比以前多了。就能实际感受到自己的工作是在为社会做贡献，这是一件很开心的事。"

过去的货运列车，很多都是棚车或是敞车，"车体本身就是容器"。像这样的货车以及罐车都被称为"整车装载"，需要在车站内完成货物的装卸。与此相对，当使用集装箱运输时，货主会提前将货物存入或取出，所以进站后，只需将集装箱搬进卡车或列车内即可。

JR 货运刚从国铁独立出来时，从运输收入构成来看，"整车装载"和集装箱的比例约各占一半。而现在，集装箱已占到了九成。这样的变化极大地提高了作业效率并改善了 JR 货运的经济效益。不管是隅田川站还是"东京 TA"，现在都已不再接收集装箱以外的货物。

平均每天有六百四十一个集装箱被装上货运列车，从外地运往隅田川站。里面的货物主要是农产品以及纸张。而从隅田川站被运往日本各地的货物，则主要包含快递、书籍以及副食品，集装箱的数量能达到平均每天五百五十四个。当然，这些货物都不是自然而然地就集中到隅田川站来的，这少不了市场营销部门的努力。他们会积极地联络制造商，大力宣传铁路运输的优势。

JR 货运关东分公司的北东京分店正位于隅田川站内。担任该分店营销课长的安藤伦也（34 岁）正是抱着"想要默默支撑日本社会运转"的愿望，进入了这家公司工作。

市场营销部门会拜访快递公司以及需要运输大宗货物的企业，向他们介绍铁路运输的服务内容，进行价格的交涉。

"一直以来业内的共识是，当运输距离超过五六百公里的时候，选择铁路运输更划算。不过近年来，卡车司机的数量不断减少，因此这个距离也变短了。我们正在积极地提供新的运输方案，使中等距离的运输也可以轻松使用铁路。此外，当货运量达到一定规模时，我们还打算发动那些周末停运的列车。在 JR 货运的各子公司中，隅田川站的收益规模靠前。所以作为市场营销部门，还是有不少'赚钱的乐趣'的。"

火车头停放点"机车区"

我拜访了位于站内的隅田川机车区。所谓机车区，是指机车，也就是火车头的停放点。正因如此，"机车区"这个名字听上去颇具气势。在隅田川机车区内，共有一百三十名铁路工作人员。

我首先去的是检修库，这是定期检查机车的地方。在我参观的时候，工作人员正在检查 EH200 这种大型八轴电力机车。

在此担任车辆技术主任的是一位五十四岁的男性，他于昭和五十七年（1982）被国铁录用，经验老到。

一旦在出发前发现车辆有异常，临机应变必不可少。

"并不是任何时候都可以找到替换的零件。在这种时候，只能先下单，然后从另一辆机车身上借用，让修好的列车先发车，等收到零部件后，再给另一辆装上。"

这里还有 EF65 这种昭和时期的电力机车。

"我对旧机车的感情很深。检修新机车时，我都是一边看着显示屏一边工作的。但一看到旧机车，就会忍不住感慨，这辆车一直都是由我来修的啊。虽然不至于把机车当作自己的孩子，但也没法撒手不管。偶尔看见它们疾驰在干线上时，还是忍不住会激动（笑）。"

身为驾驶主任并负责培养和指导新人的樋口贤治（59 岁）正在

办公室内等待我的采访。果然，他也是由国铁录用的。樋口通过驾驶员的专门培养项目进入公司，之后作为驾驶员工作了四十年。

"电力机车是陆地上最重的交通工具。碰到坡道以及弯道时，很难运行，制动器也不好操控。不过，一旦适应以后，就可以以厘米为单位移动那么重那么长的货运列车，还是很有意思的。"

驾驶货运列车与客运列车，各有各的难点。

"驾驶客运列车时，重要的是避免让乘客感受到冲击，而货运列车的重点则是与重量对抗。如果停在了什么不恰当的位置，要再次发车就很费力。不过，这些也只有内行人才会明白吧。"

樋口喜欢的车型也是 EF65。

"可以说，这是让我成长起来的机车。最近的机车都是通过电脑来驾驶了，但以前的机车自有操作机械的乐趣，而且也没有难到让人'束手无策'的地步。机车也好，女性也好，我都不喜欢太难应付的（笑）。"

就像上文所述，东京铁路货运的基地是东京货运总站和隅田川站。在 JR 货运，按规定，作为各地区基地的车站都会被命名为"货运总站"。以隅田川站的规模和业绩来看，它足以被称为"货运总站"，但依旧保持着这个一直以来的站名。这是因为隅田川站有着始于明治三十年（1897）的厚重历史，这是别的货运站难以匹敌的。

梶武（56 岁）是自国铁时代以来第五十七位隅田川站站长，他介绍道："隅田川站保留着货运站的旧日风情。虽说有很多曲折的线路，导致调配货车时多有不便，但每一个员工都把握了这里的窍门。从别的地方换到这边来工作的人，一开始会很难适应。但从隅田川站出去的人，在新的工作地点总能大显身手。"

　　　　　　　　　　　　　　平成东京十二面相

梶需要同时管理面积广阔的车站和五十一名车站员工。他身材很结实，总是温和地笑着，性格不拘小节，很符合世人对"货运从业人员"的印象。

梶来自千叶县，高中毕业后，在亲戚的鼓励下进入了国铁，在总武线的浅草桥站等处工作过。他原本希望分配到 JR 东日本。在推进民营化时，大多数人的志愿都是如此。

"第一志愿填了 JR 东日本后，上司马上来呵斥我，'第二志愿也得填'。没办法，第二志愿填了 JR 货运。没想到，只有我一个人去了。原来，其他人根本没写第二志愿（笑）。"

不过，现在回过头来看，JR 货运是正确的选择。

"客运列车会按地域分为 JR 东日本、JR 西日本之类的，但 JR 货运是全国统一的组织。一想到全日本都有自己的伙伴，心里顿时就有了底气。"

隅田川站位于城市的正中心，如何与周围的居民和谐相处是一个重要的课题。为此，隅田川站被指定为当地自治体紧急避难时的集中场所。此外，梶和车站员工们也投入了很多心力做这方面的工作。比如，每年召开的"隅田川站货运节"总是能吸引很多当地居民以及铁路迷前来参加。

"首先得让大家知道这里有个货运站，激发大家对铁路货运的兴趣。"

说着说着，梶身后的一辆列车启动了。

"那是三〇五五（列车编号），是开去札幌的。"

他的脑子里装满了各式各样的信息。

"全长约为四百三十米。前面的两节货车会在函馆的五稜郭被卸下。今天的货物算少的呢。最后面的集装箱里装的是今早刚从新潟的南长冈运来的雪国舞茸，途经东京，再出发去北海道。"

在站长的目送下，车轮嘎吱嘎吱作响的三〇五五次列车于 12 点 12 分准时从车站出发。它将于明天 6 点后抵达札幌。

坐上了货运列车！

11 月 12 日，星期一。下午，我和 JR 货运宣传室室长山田哲也一起来到了茨城县土浦市。我一边吃着饭，一边听山田介绍当下的社会状况对铁路货运的影响。之后，我们在土浦站检票口与隅田川机车区副区长堀田真树（47 岁）会合。堀田有着柔道选手一样健壮的体格，头上戴着过去蒸汽机车的驾驶员常戴的那种帅气的帽子。接下来，我们三个人登上货运列车，沿着常磐线向隅田川站出发。

就像上文提到的，除了乘务员以外，其他人都无法乘坐货运列车。我本以为这辈子都与货运列车无缘。正因如此，这样的机会让我喜出望外。说出来也许会被大家笑话吧，在确定可以登上货运列车后的一个礼拜，我居然两次梦见了自己坐在列车内的景象。

JR 货运的土浦站与 JR 东日本土浦站的东侧相邻。站内有一条始发终到线和一条列车停留线，其他的空间都是集装箱堆放场。土浦站的主要服务对象是快递公司以及附近的食品制造商，每天上下午都各有两趟货运列车进出站。我们仨乘坐的是 15 点 10 分出发的二〇九二次货运列车，终点为隅田川站。后面牵引着十二节载满集装箱的货车。

与客运列车的车站不同，货运列车车站的站台很低，所以显得道路特别宽广。当疾驰于其间、似乎并不起眼的货运列车终于靠近时，我不禁震撼于它真实的体型竟是如此庞大。

车内坐着一位年长的驾驶员，笑着迎接我们上车。

这辆列车是 EH500 型号的大型交直两用电力机车，这款车型的昵称为"金太郎"。乘务员室约有一叠[三]半大。朝着列车前进的方向，驾驶员坐在左侧，我被安排坐在右侧，这里一直以来都是机车助手的位置。因为乘务室内只有两个座位，所以堀田站在驾驶员身后，山田则站在我的身后，真叫人有点不好意思。

发车前一分钟，制动器的制动状态被解除。驾驶员用手依次指向时间表、信号等，一一确认，嘴里喃喃道："OK！OK！OK！"

眼前的道岔已被接通，信号灯变为绿色。终于，出现在我梦中的货运列车要出发了。发车过程倒是很安静，但马上从后方传来了车钩发出的"哐当哐当"的声响，甚至能感觉到一阵阵的冲击力通过椅子传导过来。我一下子意识到，机车正在牵引着沉重的货车前行。

突然响起的铁路无线广播

进入干线后，列车向右侧转弯，并开始爬坡。车轮与铁轨激烈摩擦，嘎吱作响。

堀田介绍道："到了下雨天这里就很容易打滑。所以列车要一边

〔三〕　　　一叠约等于一点六二平方米。

前进，一边向铁轨上撒下防滑的砂石。"之前他同样也是机车驾驶员，一直工作到三十多岁。

在铁路上，两盏信号灯之间只能有一辆列车通行，这样的制度被称为"行车闭塞"。每通过一盏信号灯，驾驶员都会用手指对其指一下后，高呼一声："第三闭塞区间，前进！"堀田会跟着复述一遍。堀田的声音低沉而富有节奏，极为动听，简直可以去主持广播节目。

突然，乘务室内响起了铁路无线广播。原来有乘客在 JR 东日本的特急列车上落了东西，因而通知大家协力找寻。广播内还会时不时响起蜂鸣器一般的"哔——"和钟声般的"当——"。不知这些声音是为何而响起，但音量足够让人一下子警醒，或许是为了帮助驾驶员赶走困意吧。

过了 15 点 30 分，在线路的左侧出现了"交直流电交替"的标识。在常磐线的藤代站至取手站之间的路段，是从交流电替换到直流电的区间。如果是电车的话，将自动进行切换，但机车的驾驶员必须手动按下切换的开关。在这个交直流电交替的区间中，有一段近二十米的线路内没有电流通过，列车只能凭借惯性前进。在穿过这段交替区间时，铁路系统中或许发生了很多复杂的变换，但在机车内，一切照常，列车平稳地驶进了直流区间。如果没有人向我解释的话，甚至根本就察觉不到发生了什么。

列车基本上以每小时九十公里的车速行进，坐在车内十分舒适。当车速稍稍减慢时，后面牵引着的货车就会一下子撞上来，发出"哐当哐当"的声响。每到这种时候，才会想起来，啊呀，我现在可是坐在货运列车上呢。

过了取手站之后，电车的数量增加了，所以信号灯也变多了。指一下并高呼的次数也随之增加，驾驶员顿时忙碌了起来。

在快到北柏站时，车从干线驶入了机车待避线，接着停了下来。

这是自土浦站出发后，在抵达隅田川站之前唯一一次停车，是为了给后续的特急列车让路。如果是客运列车的话，到站时会停车让乘客上上下下，自然就避让了后面的车。而不搭载乘客的货运列车无法靠站，所以要在站和站之间停车避让。这可是只有搭乘了货运列车才会有的体验。虽然只是停了停车，也足以让我兴奋了好一阵。

从后方追上来的特急列车"常磐七八号"急速驶过干线。一瞬间，四周一片寂静。

终于驶进了"货运专用线"

再次发车后，我们回到了干线上。这次得缩短与刚才驶过的特急列车的距离，所以一下子提到了最高时速。经过松户站时，站台上人很多。有人一边盯着手机一边走在站台边上，看着实在是危险。在站台的一角，一位青年正举着相机对着我们，我不由得产生了一股自豪之情。

坐在副驾驶的位子上，好几次都看见有小孩子在向我们招手。作为回应，堀田也向他们招过几次手。听说有驾驶员会短短地鸣一下汽笛来代替招手。看到这样的回礼，招手的小朋友们也很高兴。这样的景象让人不由得笑逐颜开。但听说，也有人发来投诉，说诸如"在驾驶的时候挥手多危险啊""汽笛太吵了"之类的话。处世可真是艰难。

通过金町站后，铁路向左分岔出了一条支线。那便是自金町站至总武线新小岩站的"新金货运线"。在本次采访前，我曾实地探访过新金线沿线。新金线既贯穿居民区，又与国道六号线交叉，在铁道迷中人气极高，不过那上面行驶的几乎都是货运列车。

我甚至心想，要是索性在这里拐进新金线，那可多有意思。

在靠近北千住站时，广播里传来了乘客遗失物品已被找到的通知。这其实和货运列车一点儿关系都没有，但只要行驶在 JR 东日本的线路上，信息就必须被共享。

16 点 06 分，我们驶过北千住站，这次愉快的旅程也即将结束。不过，还剩下一场期待已久的好戏，这次旅程终于迎来了最高潮——在靠近南千住站时，列车将转入干线左侧的短驳线。

"驶进短驳线！"

这是我们唯一经过的"货运专用线"。在抵达终点隅田川站前的这几百米，是只有登上货运列车后才能通行的区间。时速已降低到三十五公里，我们进入了短驳线。车轮一路嘎吱作响，拐过转弯处，接着从隅田川站的右侧驶过。列车钻进了上文提到的天桥下方后，以最低时速缓缓前进，最后终于停了下来。不过，这次旅程尚未结束。

驾驶员打开左手边的车窗，确认了后方的信号灯后，开始向后推进列车。隅田川站是侧式站台，即每个站台仅单侧有轨道。因此，从田端站驶来的列车可以直接进站，但从土浦站驶来的列车则必须先开过车站一段，折返后再进站。这对乘务员以及车站的工作人员来说有些费事，但对旁观者来说极富观赏性。

我们的机车从车头变到了车尾，慢悠悠地推着货车进入隅田川站的"七号始发终到线"。16 点 15 分 30 秒，列车准时达到。我的旅程也正式划上了终点。

我像下楼梯一般走出机车时，天色已经暗下来了。

在东京看不见货运列车的原因

回到隅田川机车区后，对机车区长田村正一（49 岁）以及同我一起搭乘货运列车的副区长堀田进行了采访。

东京的居民中或许会有不少人发现，最近不怎么看得见货运列车了。的确，与昭和三四十年代（约为上世纪 50 年代后期至 60 年代）铁路货物运输的黄金时代相比，列车数量减少了很多。这是由多种因素共同造成的。

其中一个便是铁路网的变化。

过去，从新宿、饭田桥、上野以及汐留都会有很多货运列车驶来隅田川站。但随着人口不断流入首都圈，东京都中心的线路陷入饱和状态，货运列车渐渐失去了容身之地。新设的线路（比如武藏野线等）绕市中心而行，形成了尽量将货运列车隔绝在市中心外的铁路网。因此，行驶在市中心内的货运列车数量锐减，人们少了很多目睹其风采的机会。

即便如此，还是有隅田川站这样位于市中心的货运列车专用车站。但这背后也有很多复杂的情况。

就像上文提到的，因民营化而独立于国铁后，JR 货运几乎已经没有一条专属的线路了。制定时刻表的优先权掌握在持有线路的铁路客运公司手中。早高峰时，基本不会有货运列车行驶在市中心。在市区，整个白天都有大量的客运列车来来往往，留给货运列车的线路空间极小。货运列车正在一步步远离东京居民的视线。

而到了晚上，尤其是深夜，进出市中心的货运列车就一下变多了。为此，不管是隅田川站还是"东京TA"，都是二十四小时工作制。

但这并不意味着到了晚上，货运列车就能在市区随意增加车次。

"铁路的保养和检修会在深夜完成，这让货运列车无法通行。因此，货运列车只能在夜间很短的一段时间内集中行驶。"堀田解释道。

田村接着说道："不过，比起白天，晚上货运列车的需求量更大。尤其现在的快递业务主要依靠集装箱运输，往往在白天整理好货物，到了晚上集中发货。这样第二天早上就能抵达外地各市，中午之前就能派送快递。"

JR货运一年内经手的集装箱运输量约为两千两百万吨。其中，约两百八十五万吨为快递，占百分之十三。仅次于约三百七十万吨的加工食品和约三百万吨的纸张、纸浆。

JR货运宣传室的中村玲香陪我一同在隅田川站进行了采访。在回去的电车上，她有些落寞般地抱怨道："现在，只要在电脑、手机上下单，第二天商品就能送上门，大家似乎都把这当成理所当然的事了。要是能让更多的人了解到是铁路运输在支撑着这样的便利，就好啦……"

客运列车运输的是"人"，而货运列车运输的则是"生活"。

隅田川站所在的南千住町内高层公寓林立。东京居民的生活中必不可缺的大多数物资从各地被运输到了这个货运站内，同时又有大批物资从这里被运往全国。这样的来往运输每天都在发生，但我们却知

　　　　　　　　　　　　　　平成东京十二面相

之甚少。不过，即使不被我们知晓，货运列车也依旧会一直行驶下去，保障着我们的生活。

作　者

长田昭二，记者。1965 年出生于东京都。作品有《不知如何选择医院?——碰上良医的技巧》《上班族必读！——不可忽视的压力、可怕疾病》等。

初刊一览

- 哥斯拉和超高层公寓 （《文艺春秋》2016 年 8 月号）
- 强烈反对托儿所的人们 （《文艺春秋》2016 年 9 月号）
- 直面儿童虐待问题，儿童咨询所面临的挑战 （《文艺春秋》2017 年 5 月号）
- 女生不愿上东京大学的原因 （《文艺春秋》2017 年 6 月号）
- 离不开《深夜广播》的生活 （《文艺春秋》2016 年 11 月号）
- 精英聚集的"小印度"（《文艺春秋》2017 年 7 月号）
- 不断进化的"鸽子巴士"（《文艺春秋》2018 年 8 月号）
- 八丈岛的渔夫和青梅的猎人 （《文艺春秋》2017 年 10 月号）
- 当下年轻女性热衷参拜神社 （《文艺春秋》2016 年 12 月号）
- 支持着新型 3K 职业（家政、护士和护理）的菲律宾人 （《文艺春秋》2017 年 11 月号）
- 浮沉于将棋圣地的男儿青春 （《文艺春秋》2018 年 6 月号）
- JR 货运"隅田川站"的当下 （《文艺春秋》2019 年 1 月号）

图字：09-2021-592 号

图书在版编目 (CIP) 数据

平成东京十二面相 / 日本《文艺春秋》编辑部编；
陈瑜译 . 一上海：上海译文出版社，2022.10
ISBN 978-7-5327-8969-6

Ⅰ . ①平… Ⅱ . ①日… ②陈… Ⅲ . ①纪实文学 – 作
品集 – 日本 – 现代 Ⅳ . ① I313.55

中国版本图书馆 CIP 数据核字（2022）第 153590 号

平成东京十二面相
[日]《文艺春秋》编辑部 / 编 陈 瑜 / 译
责任编辑 / 张吉人 薛 倩 装帧设计 / 张擎天

上海译文出版社有限公司出版、发行
网址：www.yiwen.com.cn
201101 上海市闵行区号景路 159 弄 B 座
上海市崇明县裕安印刷厂印刷

开本 890×1240 1/32 印张 8.25 插页 2 字数 131,000
2022 年 11 月第 1 版 2022 年 11 月第 1 次印刷
印数：0,001—8,000 册

ISBN 978-7-5327-8969-6/I · 5565
定价：48.00 元